내 속의 타인

내 속의 타인

임수진 소설

문이당

작가의 말

소설집을 엮으며 '존재'라는 낱말에 깊이 몰입해 있었다. 존재의 사전적 의미는 '의식으로부터 독립하여 외계外界에 객관적으로 실재하는 것'이라 되어 있다. 우린 불완전하고 타자에 의해 규정되는 존재이다. 안과 밖, 의식과 규범 사이에서 매번 균열을 경험할 수밖에 없는 이유가 아닐까.

이번에 수록된 여덟 편의 단편을 간추리다 보니 구성이 존재의 심연을 탐색하는 데 맞춰져 있었다. 내 의식이 거기에 닿아 있기 때문인 것 같다. 원고를 정리하면서 소설집 제목에 고민이 많았다. 애초에 생각해둔 제목을 갈아엎길 여러 번. 이름짓기의 어려움을 새삼 느꼈다.

내 소설들을 통해 질문하고 싶었다. 나는, 우리는 누구로 존재할까? 존재는 온전한 자율성을 가질 수 있을까?

한 개인이 사회, 기억, 가정이란 제도 속에서 어떻게 만들어지고 해체되는지를, 인물을 내세워, 내 손끝에서 태어나는 문장으로 보여주고 싶었다. 부족한 부분도 과잉된 면도 있을 수 있지만 경계에서 타인의 반영체로 만들어진 너, 나. 우리.

'인간은 스스로를 만들어 나가는 것 이외에 아무것도 아니다'라고 한 장폴 사르트르. 그는 어린 시절 얌전한 어린이처럼 굴었다고 한다. 그 역할 '놀이'를 우리 모두 하면서 살고 있지 않은가. 질문에 답을 찾아가면서 내 문장도 조금씩 깊어졌으면 한다.

책이 나올 수 있도록 지원해 준 화성특례시와 화성문화재단, 소설이 안착할 집을 지어준 문이당에 감사를, 언제나 내 편인 랑과 이 일을 계속할 수 있도록 지지하고 협력하고 함께 걸어 준 분들께 사랑의 마음을 전한다.

2025년 여름
임 수 진

차례

작가의 말

유리 벽 …… 11

다시, 숨 …… 45

내 속의 타인 …… 73

숙주 …… 103

사랑일까 …… 131

그림자놀이 …… 159

함께 있어도 혼자 …… 189

너는 너를 의심했다 …… 217

유리 벽

유리 벽

일어나자마자 물 한 잔을 마셨다. 블라인드를 열고 밖을 내다보았다. 하늘이 청명했다. 소파에 앉았던 남편이 다급하게 손짓까지 해가며 불렀다.

"묻지 마 사건이 또 터졌어."

얼굴이 경직되었다. 긴장하거나 좋지 않은 일과 마주했을 때 짓는 표정이었다. 뭔데 저러나 싶어서 가까이 갔다. 긴급 특보란 자막이 화면에 떴고 아나운서의 긴박한 목소리가 긴장감을 높였다. 그가 왜 급하게 불렀는지 이해가 되었다.

"세상이 흉흉한데 여행을 꼭 가야겠어?"

성폭행 후 여자를 살해한 사건이 터지고 한 달이 지났는데 대낮에 또 도심 한복판에서 묻지 마 폭행 사건이 터진 것이다. 전혀 위험하지 않을 것 같은 장소라 충격은 더 컸다. 안전지대는 없어. 남편은 불특정 다수를 향한 이유 없는 범죄와 잔인성에 경악하며 여행 포기를 권했다.

"흔치 않으니까 뉴스에 나오는 거지."

뱉은 말을 후회했다. 곧바로 남편의 잔소리가 이어졌다.

"그런 안일한 자세를 가진 사람이 범죄 표적이 되는 거야. 사람이 어째 겁이 없어? 위험에 빠지면 그땐 늦은 거야."

남편 눈에는 내가 아직도 가르치고 훈계할 대상으로 보이는 모양이었다.

"당신처럼 생각하면 집밖에도 못 나가겠네. 마트는 어떻게 가?"

참다못해 한마디 했다. 그러자 남편은 기다렸다는 듯이 필요한 게 있으면 메모해뒀다가 주말에 같이 가든가 앱으로 주문하는 방법도 있지 않으냐고 했다. 세상을 동물의 세계쯤으로 여기며 나를 우리 안에 가두려는 남편을 견디며 사는 일이 점점 힘들어졌다.

"나도 어른이야. 자기 결정권이 있고 자발적으로 하고 싶은 일이 있어. 언제까지 보호할 거야?"

"내 말 들어. 들어서 손해 본 적 없잖아."

이어서 그는 악이 건재하는 사회 현상에 대해 정치나 계몽주의 사상가처럼 떠들어대기 시작했다. 아, 정말 싫다. 귀를 틀어막고 싶었지만, 여행을 가야 하니까 인내심을 한껏 끌어올려 참고 들었다.

두 달 전부터 계획된 거였다. 결혼 후 가족과 껌딱지처럼 붙어 다녔다. 하루쯤 도시를 떠나 자연 속에서 멍 때리다 오고 싶었다. 인터넷을 열심히 뒤졌다. 고심해서 고른 곳이 강원도 정선의 어느 산장이었다. '진짜 예스럽다. 요즘도 흙집이 있다니 신기해.' 고등학교 동창인 주희와 나는 그곳이 마음에 들었다. 지은 지 30년도 더 된 집인데 공기가 맑아서 밤이면 마당으로 별이 내려온다고 했다. 복층으로 지은 집은 담쟁이덩굴로 덮였고 기왓장 사이로 뿌리내린 잡풀의 생명력은 경이로웠다. ㄱ자로 지어진 안채와 아래채는 다정한 오누이처럼 보였지만 블로그에 올라온 사진은 조금 음산해 보였다. 안채 통로 벽에는 말린 나무 열매, 밤송이, 들꽃을 장식품으로 걸어 두었고 호미, 낫, 곡괭이 같은 농기구도 걸려 있었다. 좋게 보면 낭만이고 나쁘게 표현하면 어수선하고 지저분해 보였다.

산장 예약 후 주희와 나는 뭔지 모를 뿌듯함에 하이파이브를 했다. 혼자였으면 별이 보고 싶어도 용기를 못 냈을 것이다. 남편 잔소리와 참견에 자유를 잊고 지냈고 낭만은 아스라했다. 가족끼리 여행을 가도 숙소는 호텔이나 리조트였다. 세상에 안전한 곳은 없지만, 더 안전한 장소는 있다는 남편에 길들여져 그가 이끄는 대로 살아왔다. 불편한 것 없이 가졌지만, 왠지 삶이 내 것 같지 않았다.

"처음이잖아. 기분 좋게 보내줘."

그는 대답하지 않았다. 이미 통보하고 암묵적 승낙을 받은 일이었는데…… 남편의 태도가 마음에 들지 않았다. 그는 대체 왜이러는 걸까.

"지호도 이제 일곱 살이잖아. 당신과 하루쯤 지내도 되고. 나 임신했을 때 힘들었어. 당신은 내 심정 모르잖아. 이해해 줄 생각이나 있었어?"

갑자기 서러움이 올라왔다. 이유는 알 수 없었다. 해소되지 못한 덩어리가 가슴을 눌러 숨 쉬는 게 힘이 들었다.

"언제 적 이야길 꺼내는 거야. 그게 이번 여행과 무슨 상관있다고?"

"충전이 필요해."

"나랑 가면 되잖아."

"별을 보고 싶어. 옛날 외갓집 마당에서 보던 별."

"그런 싸구려 낭만이 널 지옥에 빠뜨릴 수 있다는 걸 명심해. 간도 크지. 여자 둘이 어딜……."

아침을 먹은 뒤 소파에 앉아 스마트폰을 들고 산장 앱에 접속했다. 여행객이 올린 후기를 다시 찾아 읽었다, 주인이 할머니였다. 그 점이 마음에 들었다. 허옇게 센 머리에 주름이 하회탈을

닮은 할머니는 큰이모와 닮았다. 푸근한 인상만큼 음식이 맛있다는 후기가 올라와 있었다. 최근에 올린 글은 없었지만 문제될 건 없었다. '정갈해요. 친절해요. 별과 바람 소리만 들려요.' 무엇보다 직접 기른 푸성귀와 산에서 딴 고사리 무침, 호박과 두부를 넣고 자작하게 끓인 뚝배기 청국장이 인상적이었다.

배낭에 필요한 짐을 챙겼다. 산속이라 밤에 기온이 내려갈 걸 대비해서 긴소매 셔츠와 바지도 잊지 않았다. 평상에 누워 별을 보려면 무릎 담요도 필요할 것 같아서 그것까지 챙겨 넣고는 아이 방에 들어갔다. 이불 아래로 발을 삐죽 내민 채 세상모르고 자고 있는 지호의 뺨에 입을 맞췄다. 임신과 출산, 육아를 하는 동안 다른 생각이 끼어들 틈이 없었다. 아이를 사랑하고 집은 안전했지만 똑같은 생활의 반복, 나는 어디에도 없다는 생각이 들었다. 육아가 힘들어서가 아니라 내 시간을 갖고 싶었다. 남편은 그 마음을 이해하지 못했다. 내가 다 해주잖아. 뭐가 불만인데?

"너도 참 유별나다. 우린 다 그렇게 살았다. 난 애 셋을 길렀는데 지호 하나로…… 쯧쯧."

엄마도 나를 몰랐다. 같은 여자라고 감정을 읽어 줄 거란 기대는 착각이었다. 이모와 외삼촌 통틀어 열 명을 출산한 외할머니는 집안의 전설적인 인물이었다. 젊은 사람들이 애 키우는 일로 쩔쩔매면 요즘 것들은 호강에 뻗쳐 요강에 똥 싼다고 했다. 사내대장부 같던 외할머니가 죽자, 큰이모가 대장 노릇을 했다.

"나는 동생들 포대기로 업고 얼음을 깨서 빨래했다. 요즘은 수도꼭지만 틀면 더운물이 콸콸 쏟아지고 집 안에 화장실과 부엌이 있는데 뭐가 힘드냐?"

쩌렁쩌렁 울리는 목소리는 외할머니 판박이었다.

"엄마 배는 늘 불러 있었어. 꺼졌는가 싶으면 다시 불러오고 꺼졌나 싶으면 다시 불렀어. 그때마다 동생이 하나씩 생겼는데…… 난 우리 엄마 몸이 애 찍어내는 기곌 줄 알았다."

큰이모는 모였다 하면 옛날이야기를 했다. 기상천외하고 요절복통할 사연들이었다. 그녀는 오랑우탄 우두머리처럼 큰 체격으로 동생들을 불러놓고 살아온 시간을 이야기했다. 여든이 넘어도 정신이 살아있어 기억력이 좋았다. 막내인 엄마는 시집간 큰이모 대신 둘째와 셋째 이모가 업어서 키웠다고 들었다.

그때의 소녀들이 고만고만 늙은이가 되었다. 태어나는 건 순서가 있지만 가는 건 순서가 없다는 말이 딱 맞아서 생각지도 않았던 다섯째 이모가 유방암 투병을 하다 작년에 죽었다. 엄마를 포함한 나머지 이모들이 빈소에서 서로의 주름진 몸을 부둥켜안고 애도하는 모습은 애잔했다. 장례를 치른 뒤 이모들은 가슴이 헛헛하다며 무릎 연골이 남았을 때 부지런히 여행 다니며 살자더니 이미 지병들이 있어 먹는 약이 한 줌이었고, 관절염이니 뭐니 해서 병원에 돈 갖다 바치느라 얼굴 볼 새도 없는 모양이었다.

지호는 결혼 3년 만에 들어섰다. 어렵게 가져서 정말로 하늘이 내린 선물 같았다. 입으로 들어가는 것 입는 것 듣는 것 모두 조심했다. 하루에 다섯 잔씩 마시던 커피가 싫어진 것 외에 딱히 입덧은 없었다. 환장하던 커피 향이 역겨워지면서 자궁은 변화를 겪고 있었다. 산모가 기운이 없으면 아기를 출산할 때 힘들다고 이모들이 겁을 줬다.

"아기 머리가 나올 때 힘을 안 주면 머리가 찌그러져."

"그게 무슨 말이야?"

"얼굴이 짓눌린다고."

무서운 말이었다. 아이를 온전히 낳으려면 체력을 길러야 할 것 같았다. 예쁜 아이를 낳겠다는 생각에 부른 배를 안고 하루 한 시간씩 걸었다.

임신 5개월이 지나면서 몸무게가 급속히 늘었다. 애, 너는 몸이 왜 그렇게 붓니. 우린 애를 서너 명씩 낳아도 그러진 않았다. 이모들의 말에 휘둘렸다. 비슷한 시기에 임신한 주희는 배만 볼록했다. 뒤에서 보면 임신부로 보이지 않은데 나는 체중이 20킬로가 늘었다. 곰 같다. 굴러다닌다. 아무래도 임신중독증 같다. 말, 말. 말들에 치솟는 불안.

만삭이 되자 명치끝이 답답해 숨쉬기가 힘들었다. 누웠다 일어나는 데 한참이 걸렸다. 원래 큰 가슴은 더 커져서 어깨가 결리고 아팠다. 남편이 오른쪽과 왼쪽 브래지어 고리에 넓은 줄을 연결해서 목에 걸어 주었다. 해외 출장길에 어깨끈이 넓은 브래지어를 사 오기도 했다. 안 맞잖아. A컵과 F컵의 차이를 모르는 사람에게 기대를 건 게 잘못이었다. 지호는 건강하게 태어났다. 나는 손가락 발가락부터 확인했다. 심장과 폐를 포함해서 모든 장기는 있어야 할 곳에 잘 붙어 있었고 눈, 코, 입도 너무나 사랑스러웠다.

"너무 들떠 있는 거 아냐?"

짐을 챙겨 나오는 내게 남편이 말했다.

"들뜨긴 뭘."

"하룻밤 자는데 뭔 짐이 이렇게 많아? 모르는 사람이 보면 한 달쯤 유럽이라도 가는 줄 알겠다."

그러더니 산장이 마음에 안 든다고, 살인이 일어나도 모를 장소라는 말을 또 꺼냈다.

"제발. 그만 좀 해!"

"산장 주인이 할머니인 건 맞지? 스마트폰 잘 켜 두고."

승강기 앞에서 남편이 말했다. 대답 대신 닫힘 버튼을 눌렀다.

"도착하면 전화해."

그가 덧붙인 말이 승강기를 울렸다.

택시를 타고 터미널로 향했다. 스마트폰이 울렸다.

"뭐라고. 그럼…… 난 어쩌고?"

전화기 저편에서 주희가 무슨 말인가를 하는데 귀에 들어오지 않았다. 못 간다. 갈 수가 없게 됐다는 말만 모기떼처럼 윙윙거렸다. 새벽에 시어머니가 심근경색으로 쓰러져 응급실이라고 했다.

"그럼, 난 어떡해."

우주가 내려앉는 기분이었다.

"취소해야겠지?"

주희 목소리가 작게 들렸다.

"아니, 갈 거야."

목소리에 힘이 들어갔다.

"괜찮겠어. 혼자?"

그녀는 진심으로 걱정했고 미안해했다. 우린 왜 항상 외부의 조건에 발목이 잡혀야 하는 걸까. 기다리던 소풍날 아침에 비가 내려서 소풍이 연기되어 책가방을 메고 학교에 가야 할 때처럼 주희는 기운이 빠져 있었다.

정선행 버스에 올랐다. 남편의 간섭이 멀어지고 있었다. 혹시라도 주희가 못 가게 된 걸 그가 알게 될까 봐 조마조마했지만, 그녀가 입을 열지 않는다면 둘만 아는 비밀로 봉인될 것이다. 이어폰을 귀에 꽂고 창밖을 내다보며 음악을 들었다. 녹색이 짙어질 대로 짙어지면서 낮의 길이는 최대한 길어졌다. 8월 셋째 주인데도 늦휴가를 떠나는 이들이 많았다. 느릿하게 움직이는 자동차 행렬을 무심한 표정으로 내려다보았다. 창을 투과한 햇살이 강렬했다. 비밀여행을 떠나듯 두려움과 설렘이 교차했다. 의지가 될 주희가 없어 불안감이 없지 않지만, 산장 주인이 할머니이니 걱정은 되지 않았다.

주희가 다시 전화를 걸어온 건 한 시간쯤 지나서였다.

"뉴스 봤지?"

"무슨?"

"성폭행범이 정선 24시 해장국집과 터미널에서 목격되었대."

"뭐라고?"

범행 후 한 달 동안 종적이 묘연했던 피의자가 정선에 나타났다고 했다. 왜 하필이면 내가 가는 곳에. 범인은 피해망상증 환자에다 나르시시스트라고 속보로 계속 올라온다고 했다. 너랑 먹으려고 겉절이와 오이소박이김치, 낙지볶음도 만들어놨는데 속상해. 그녀는 울 듯 말했고 조심해! 라는 말을 덧붙인 뒤 전화기 저편으로 사라졌다.

뉴스를 검색했다. 채널마다 피의자 기사가 검색 1위에 올랐다. 몽타주와 실명이 공개되었다. 40대 남자, 비만형, 쌍꺼풀진 눈, 피부는 희고 턱에 반달 모양의 상처가 있었다. 성격은 주도면밀하고 남이 자신을 대우해 주지 않을 때 특히 분노한다고 했다. 외진 곳에 출입을 자제하고 특히 여성 혼자 외출을 하지 말라는 기사를 읽는데 심박 수가 치솟았다. 덥지 않은데 얼굴이 달아올랐다. 집에 갈까. 아니야. 산장에만 가면 문제 없어. 이번이 기회야. 혼자서도 잘할 수 있어. 결심을 굳히자 자신감이 생겼다. 버스는 계속 달렸고 하늘은 청명했다. 별을 보기에 좋은 날씨였다. 여름밤을 떠올리자 유년의 한때가 그리웠다.

그땐 이모들이 젊었다. 큰이모는 한여름 밤이면 평상에 커다란 수박을 놓고 형제자매들을 불러 모았다. 식칼에 둥근 수박이 단칼에 쪼개졌다. 깍둑썰기한 수박을 큰 양푼에 담았다. 그러는 사이 엄마와 이모들은 마트에서 사 온 덩어리 얼음을 쪼갰다. 엄마가 얼음에 바늘을 꽂고 숟가락으로 톡톡 두들겼다.

"야야. 그렇게 해서 쪼개지겠나? 이리 줘봐라."

큰이모는 부엌칼 끝을 얼음에 대고 망치로 툭툭 쳤다. 두서너 번 치자 얼음이 맥없이 갈라졌다. 잘린 얼음을 다시 잘게 쪼갰다. 덩어리 얼음과 수박을 한데 섞었다. 거기에 백설탕을 봉지째 쏟아부었다.

"자, 자. 한 그릇씩 먹어라."

그때만큼 맛있는 수박화채를 아직 먹어 본 적이 없다. 산장 할머니와 평상에 앉아 화채를 만들어 먹을 생각을 하니 불안한 마음이 가라앉는 것 같았다.

버스가 휴게소에 정차했다. 아이스 아메리카노 생각이 간절했다. 아침에 서두르느라 모닝커피도 안 마셨다. 지호한테서 전화가 왔다. 여행 가는 중이라고 하자 자기를 안 데리고 갔다고 징징

대더니 언제 오느냐고 물었다.

"내일, 한밤만 자면 만날 수 있어."

"안 돼. 오늘 와. 엄마 보고 싶어."

언젠가부터 나는 저 말에 가장 약해졌다. 남편이 전화를 바꿔 받았다.

"안 좋은 소식이 있어. 범인이……."

"나도 알아."

"내 말을 들었어야 했어."

"아, 제발 기분 좀 잡치지 마. 듣지 않아도 될 말, 상대를 위한 답시고 하는 말…… 말들. 숨이 막혀. 나도 내 앞가림할 줄 알아. 왜 당신이 아니면 안 된다고 생각해?"

"그래서 지금 어딘데?"

휴게소라고 하자 한 시간에 한 번씩 전화하라는 지시를 내렸다. 가슴이 답답했다. 그와 통화하고 나면 체한 듯 명치가 아팠다. 지호를 가졌을 때 이모들 말에 휘둘려 마음에 지옥이 만들어졌듯이 남편은 성폭행범을 빌미로 나를 더욱 자기 곁에 묶어두려 하고 있었다. 자기가 없는 세상이 위험하다는 걸 계속 세뇌했다.

휴게소는 트로트 가수의 노래로 흥이 넘쳤다. 커피와 빵을 사서 휴게소 앞 간이 탁자에 앉았다. 스마트폰 메모장을 열었다. 도착해서 마트에서 살 물건을 적었다. 여행을 떠나거나 돌아오는 사람들 표정이 밝았다. 저 속엔 착한 사람도 그렇지 않은 사람도 있을 테지만 내 눈에는 모두 선하게만 보였다. 착하고 악한 건 누가 만들고 규정지었을까. 범인도 이 경로를 거쳐 정선에 갔겠지. 그 생각을 하며 오가는 사람들을 보았다. 밝고 행복해 보였다, 마음은 너무나 깊은 곳에 있어 나르시시스트도 피해망상증 환자도 가려내기 힘들다. 외할머니는 하나뿐인 외삼촌이 애를 먹이며 집에 잘 들어오지 않을 때 두 발 달린 짐승이 어딜 못 가겠느냐고 했다. 그 삼촌이 마흔을 넘겨 결혼한 뒤에는 정신을 온전히 붙들고 살아서 그나마 외할머니는 한 가지 걱정은 덜고 죽었다. 범인 또한 발 달린 짐승이니 어딘들 못 갈까.

정선 터미널에 도착했다. 배낭을 메고 크로스백 속에 휴대폰을 집어넣었다. 손에 들고 다니면 잊어버린다는 남편 말에 세뇌된 자신을 보고 깜짝 놀랐다. 언젠가부터 나는 스스로 문제를 해결하거나 결정하지 않게 되었다. 그의 잔소리가 의식을 지배하고 있어서 성폭행범보다 혼자 여행을 떠난다는 사실에 더 큰 두려움을 느끼고 있었다.

오후 4시가 넘었다. 볕은 여전히 뜨거웠다. 경찰 제복을 입은 사람들이 두 사람씩 짝을 지어 다니는 게 보였다. 그들은 버스를 타고 내리는 사람들 신분증을 일일이 확인했다. 마트에 들려 뭘 좀 사기로 했다. 버스를 타고 오는 동안 휴대폰 메모장에 적어 둔 목록을 확인했다. 마트는 재래시장 입구 농협 건물 지하에 있었다. 매장은 도시의 마트와 다르게 조용했다. 경찰과 회사 마크가 찍힌 조끼를 입은 직원이 출입문 유리에 범인 몽타주를 붙이다가 내게 이렇게 생긴 사람이 보이면 꼭 신고하라고 했다. 그러면서 오늘 같은 날은 혼자 다니지 말라고 했다. 조심하겠다고 한 뒤 카트를 끌었다. 고기와 소주를 카트에 담았다. 물건을 집다가도 문득문득 성폭행범이 부유물처럼 떠올라 주변을 살피며 조심히 움직였다. 과한 정보가 독이 될 때도 있었다. 사실 범인과 같은 지역에 있다 해도 마주칠 확률은 높지 않았다. 만약에 마주쳐서 어떤 일을 당하게 된다면 그건 억겁의 시간을 지나 현시점에서 만날 수밖에 없는 인연이지 않을까. 머릿속으로 온갖 잡된 상상을 하며 진열대 코너를 도는데 남자가 서 있었다. 야구모자와 마스크를 끼고 소매가 긴 바람막이 점퍼를 입고 있었다. 잡화용품 앞에서 뭔가를 유심히 살피던 그와 눈이 마주쳤다. 나는 얼른 다음 칸으로 옮겨갔다. 진한 쌍꺼풀이 인상적이었다.

"여기요. 아무도 안 계세요?"

재빨리 계산대로 향했다. 잠시 후 직원이 비품 창고로 보이는 곳에서 나왔다. 물건을 정리하고 있었던지 목장갑을 끼고 있었다. 이거 빨리 계산해 주세요. 나는 직원이 바코드를 찍는 걸 초조히 지켜보며 남자가 있는 쪽을 흘끔거렸다. 계산이 끝난 물건을 비닐봉지에 담아 나오려는데 남자가 보였다. 나는 재빨리 계단을 올랐다. 그도 따라왔다. 마음과 달리 발이 잘 움직여지지 않았다. 어느새 남자는 내 뒤에 바짝 다가와 있었다.

지상으로 올라왔다. 햇살에 눈이 부셨다. 눈을 찡그리며 주변을 살폈다. 맞은편에 분식점이 보였다. 주인은 더운 날씨에도 찐빵을 찌고 있었다. 무작정 그곳으로 들어갔다. 예정에 없던 찐빵을 주문했다. 주인이 찜통을 열자 허연 김이 사방으로 퍼졌다. 남자는 내 쪽을 흘끔 쳐다보더니 마트와 부동산 사이의 골목으로 사라졌다. 나는 그가 다시 모습을 드러내지 않을까 싶어서 골목에서 눈을 떼지 않았다.

찐빵 가게에 앉아서 택시를 호출했다. 5분 안에 도착한다는 문자가 떴다. 괜한 사람을 오해한 것 같아서 미안한 마음이 들면서도 근처 어딘가에 숨어있을지도 모른다는 생각에 긴장을 풀지 않았다.

기사는 흰머리가 희끗희끗했다. 목적지를 말하자 잘 알고 있다는 듯 곧바로 차를 출발시켰다.

"오랜만에 산장 손님을 태웠네요."

"잘 아는 곳이에요?"

"그럼요. 예전에는 손님들을 자주 실어 날랐어요. 산장에서 드라마도 찍었거든요."

그 뒤 입소문을 타고 유명해졌다는 기사 말을 들으니 안심이 되었다.

"어떤 곳인지 기대돼요. 저도 인터넷 보고 왔어요."

"요즘은 별로예요. 찾는 이도 거의 없다던데……."

기사가 말끝을 흐렸다.

"2, 3개월 전인가 젊은 커플을 태우고 갔는데 집도 주인도 형편없이 늙어 있더라고요. 그 손님들 내 차 타고 도로 나왔어요. 음침하다고. 그 뒤론 손님이 처음이네요."

전화벨이 울렸다. 주희였다.

"도착했니?"

"택시 안."

"우리 시어머니 이틀 뒤 수술하셔. 사는 게 언제쯤 마음대로 되려나?"

그녀가 한숨을 쉬었다.

"그나저나 그쪽은 어때? 비상이지?"

혼자 보낸 게 계속 마음에 걸리는 모양이었다.

"터미널만 경찰이 보이고 동네는 조용해."

시골이라서 마트나 거리에도 사람들이 많이 안 보인다는 말도 덧붙였다. 통화를 끝내고 나니 배터리가 15%도 안 남았다. 택시는 한갓진 2차선 도로를 계속 달렸다. 사과나무와 옥수수밭을 지나고 옹기종기 내려앉은 농가도 지났다. 다 왔는가 싶으면 고불고불한 언덕길이 다시 이어졌다. 과수농가를 지날 때는 멀리서 개가 미친 듯이 짖어댔다.

"성폭행 살인자 때문에 사람들이 밖에를 안 나와요. 가뜩이나 손님이 없는데……."

기사가 한숨을 쉬었다.

저깁니다. 기사가 길 아래쪽을 가리켰다. 낡은 산장 지붕이 보였다. 기사는 여긴 차가 없으니 나갈 때 호출하라며 명함을 주었다.

들풀이 삐죽삐죽 제멋대로 자란 좁은 임도를 걸었다. 공기는 상큼했다. 바람에 머리카락이 날렸다. 풀 냄새가 났다. 사람 손이 닿지 않아서 잡풀이 내 키만큼 자랐고 임도까지 늘어져 있었다. 차 소리가 났으니 산장 할머니가 마중을 나올지 모른다. 외갓집에 가는 기분에 잠시 행복했다.

산장은 대문이 따로 없었다. 골목에서도 안채와 마당이 훤히 보였다. 인터넷으로 볼 때보다 더 낡았다. 복층 2층 창문은 담쟁이넝쿨로 뒤덮여 손질 안 된 머리카락이 얼굴을 가린 듯 답답해 보였다. 마당에 평상이 놓여 있었고 캠핑 바비큐 그릴과 캠프파이어를 할 수 있는 화로대도 보였다. 안채 마룻장 아래에는 마른 장작이 질서정연하게 쌓였다. 도끼, 호미, 삽, 톱 같은 농기구와 연장들이 장작더미 옆에 함부로 놓여 있었다. 마당으로 들어서는데 커다란 개가 갑자기 튀어 나와 놀라서 뒷걸음쳤는데 다행히 묶여 있었다. 시베리안허스키인데 황금색 얼룩이 있는 흰색으로 성격이 쾌활한 놈으로 알려진 종이었다.

아래채에 사람 그림자가 보였다. 할머니려니 여겼는데 중년의 남자였다. 예상에 없던 인물이라 당황했다. 남자는 마스크를 썼다. 생김새와 체격이 몽타주에서 본 범인과 비슷했다. 마음에 생긴 불안이 일으킨 왜곡일지 모른다는 생각을 하면서도 한번 생긴 의심은 거둬지지 않았다.

"예약하신…… 분인가요?"

뭔가 잘못 돌아가고 있다는 생각을 하면서도 내 몸은 방을 보여주겠다는 남자를 따라가고 있었다. 그가 첫 번째로 보여 준 방은 턱없이 넓고 화장실도 딸려 있지 않았다. 매캐한 연기가 방안에 고여 있었다.

"눅눅해서 불을…… 좀 땠습니다. 연기가 빠져나가면 열기도 식을 겁니다."

혀짤배기인지 발음이 새 말할 때 신경을 곤두세워야 알아들을 수 있었다. 뒷문은 방충망이 내려져 있었다. 그 사이로 흙담과 잡초가 보였다. 관리가 안 되어 뱀이나 벌레, 쥐가 들어올 수도 있을 것 같았다. 색이 바랜 고가구 위에는 이불 몇 채가 개켜져 있었는데 덮고 자고 싶은 마음이 생길 것 같지 않았다. 고물상에서도 취급하지 않을 것 같은 18인치 텔레비전도 보였다. 방입구엔 아궁이가 있고 까만 가마솥이 걸렸다. 그 앞에는 말린 쑥을 수북하게 쌓아두었다. 난처한 얼굴로 서 있자 남자는 다른 방도 보여주었다. 그러면서 오늘은 한 팀밖에 없으니 골라 써도 된다고 했다.

"저뿐이라고요?"

"지난주에는 손님이 있었다는데······."

거짓말하는 게 티가 났다. 취소하고 나가고 싶었다. 혀짤배기 소릴 내는 것도 마음에 들지 않았고 할머니의 행방이 묘연한 게 이상했다. 그냥 갈까? 그러면 남자가 갑자기 돌변해서 험한 짓을 하면 어쩌지.

"그런데 할머니는?"

용기를 내어 물었다.

"아, 우리 장모님은 아파서 아내가 병원에 모시고 갔어요."

그러면서 자기도 얼떨결에 불려 왔는데 두 사람은 해 떨어지기 전에 돌아올 거라고 했다.

작은방을 쓰기로 했다. 큰 차이는 없었지만, 단체방보다는 그나마 안전하고 아늑해 보였다. 창문의 고리도 있었고 화장실이 딸려 있었다. 벽지는 낡았고 여러 번 덧발라 이전에 붙인 것과 이후에 붙인 경계엔 두 무늬와 상관없는 문양이 보이기도 했다. 운전기사 말이 맞았다. 그때 눈치를 챘어야 했다. 방에도 말린 쑥이 걸려 있었다. 주술적 의미가 있는 건지 향이 벌레를 퇴치하는 데 효능이 있는지는 알 수 없었지만 내 취향은 아니어서 거슬렸다. 뒤란으로 난 작은 창문은 열려 있었고 방충망에는 죽은 벌레가 붙어 있었다. 잡풀이 바람에 흔들릴 때마다 방안을 기웃거리는 것 같았고 한옥 격자무늬 방문 고리엔 숟가락이 꽂혀 있었다.

할머니가 빨리 와야 할 텐데. 저 남자 할머니 사위가 맞긴 한 걸까. 아니라면 나는 어떻게 되는 걸까. 의문과 두려움, 불안이 증폭되어 머리가 터질 듯했다. 방문을 조금 열고 밖을 내다보았다. 남자가 마당 한가운데 서 있는 게 보였다. 몸을 최대한 숨겨서 사진을 찍었다. 옆모습과 뒷모습만 찍혔다. 조마조마한 마음으로 주희한테 사진을 전송했다.

"누구야?"

"할머니 사위래."

"무슨? 블로그나 카페 어디에도 사위가 있다는 말은 없었는데…… 근데…… 이 남자…….."

"이 남자 뭐?"

"성범죄자랑 닮지 않니?"

"야. 무슨 끔찍한 소릴!"

나 혼자만 그렇게 생각한 게 아니란 걸 확인받자 심장이 날뛰기 시작했다. 어떡해 주희야, 하는데 휴대폰이 꺼졌다. 재부팅을 했지만, 배터리 잔량이 1%라 다시 꺼졌다. 산장에 도착한 즉시 충전을 하려고 했는데 잊고 있었다. 가방을 열고 충전기를 찾았다. 분명히 챙겼는데…… 없을 리가 없는데, 크로스백을 거꾸로 털었지만 나오지 않았다. 마트에서 산 고기는 녹고 있었다. 장 본 비닐봉지를 방구석으로 밀어놓았다. 당신은 항상 뭘 빠뜨려! 그래서 내가 아니면 안 된다니까. 남편 잔소리가 들리는 듯했다. 그러다가 언젠가 호되게 당할 날이 있을 거야. 그의 저주가 통한 걸까.

마당으로 나가서 충전기를 좀 쓸 수 있느냐고 물었다.

"아내가 가져갔어요."

개가 짖었다. 시베리안허스키는 쫑긋한 귀에 빗자루 같은 꼬리를 흔들었다. 개는 남자를 잘 따랐다. 황당한 표정으로 서 있자 남자가 흘끔 쳐다보았다.

"난…… 이 집 살림을 잘 모르고…… 급하게 오느라 스마트폰을 가져오지 못했어요. 아내가 와야……."

발음이 샜다. 대체 왜 저딴 식으로 말하는 걸까. 저것도 계산된 거겠지. 범인이 혀짤배기란 말은 못 들었지만 치밀하고 지능적이라고 했으니…… 신분을 속이기 위한 위장일지 몰라. 잠시 안정을 찾아가던 심장이 날뛰기 시작했다. 호흡이 가빠 입이 말랐다. 이러다간 상대가 어떤 짓을 해서가 아니라 스스로 자멸할 것 같았다. 이래선 안 돼. 침착하자. 침착! 심호흡으로 마음을 안정시켰다.

"이거 제가 할머니랑 먹으려고 사 온 거예요."

무심한 척 명랑하게 말했다. 고깃덩이가 든 비닐봉지와 마트에서 산 야채와 술, 간단한 간식거리를 내놓으며 충전기를 직접 찾아봐도 되느냐고 물었다. 그러자 남자는 정색을 하면서 공개된 장소 외엔 출입금지라고 했다. 장모가 깔끔한 분이기 때문이란 말을 덧붙였다. 워낙 단호해서 다시 말하기가 무색했다.

해가 지면서 서쪽 하늘은 주황빛으로 물들었다. 은은한 빛을 띤 산장은 으스스함과 몽환적인 분위기를 동시에 자아냈다. 그때 자동차 소리가 들렸다. 남자와 나는 소리 나는 곳으로 고개를 돌렸다. 하얀색 소형 자동차 한 대가 산장 앞에 멈췄다. 40대 후반쯤으로 보이는 자그마한 여자가 내렸다. 시베리안허스키가 짖었다.

"인구 통계조사 나왔어요."

여자가 말했다. 아직도 이런 아날로그식으로 일을 처리하는 곳이 있는 게 신기했다. 혹시 범인이 이 지역에 들어와 외딴집을 방문하여 안전을 확인하는 걸지도 모른다는 생각이 들었다.

"여기 거주자이신가요?"

여자가 물었다.

"저는 오늘 임시로 일을 봐주고 있습니다."

나는 남자가 눈치채지 못하도록 구조 요청할 방법을 생각해냈다.

"거주자와는 어떤 관계죠?"

여자가 묻자 남자는 잠시 머뭇거리다가 사위라고, 장모는 병원에 갔다고 말했다. 나는 남자 뒤에서 손가락으로 남자를 가리키며 이놈이 범인인 것 같다고 입모양으로 말했다. 하지만 인구통계조사원은 나의 괴상한 보디랭귀지를 알아채지 못했고 흘끔한 번 쳐다볼 뿐 관심을 두지 않았다. 최선을 다한 사인에도 여자는 내 몸의 언어를 알아채지 못하고 마당을 나가 차가 있는 곳으로 걸어갔다. 안 돼. 그냥 가면. 마음과 달리 발이 움직여지지 않았다.

"저기, 잠깐만요."

막바지에 목소리가 터졌다. 남자가 돌아보았다. 노을빛에 남자 얼굴에 음영이 드리워져 기괴해 보였다. 한 마디만 더하면 죽일 것 같았다. 몸이 굳어있는 사이 여자가 탄 차는 언덕길을 올라갔다. 허탈감에 다리에 힘이 풀렸다. 비틀대자 남자가 잽싸게 팔을 잡아주며 조심하라고 했다. 뭘 조심하라는 거지? 신고하면 가만두지 않겠다는 엄포로 들렸다. 그러니까 조심하랬잖아. 세상이 얼마나 무서운데…… 남편은 유리 벽 밖이 얼마나 위험한지를 계속 강조했다. 나만큼 널 생각해 주는 사람이 어딨다고. 내 품이 가장 안전한 곳이야.

여자가 떠나고 해가 떨어졌다. 나는 우리 속에 갇힌 동물처럼 소침해졌다. 남자가 불을 피웠고 그릴 위에 고기를 올렸다. 연기가 하늘로 치솟았다. 남자는 실수로 떨어뜨린 고기를 시베리안허스키 앞에 던져주었다. 개는 허겁지겁 그것을 먹어치우더니 남자를 보며 꼬리를 흔들었다. 사람이든 동물이든 먹잇감을 던져주는 이에게 복종하게 되는 게 이치일까. 순해진 개를 지켜보다가 상추와 깻잎, 마늘을 들고 공동주방으로 들어갔다. 지난주까지 손님이 많았다더니 식기와 집기에 먼지가 앉았다. 싱크대 수세미도 사용한 지 오래된 듯했고 냄비는 허옇게 물때가 끼어 있었다. 가위와 칼, 포크도 녹이 슨 게 몇 개 보였다. 최소 몇 달은 사용하지 않은 듯했다.

야채를 씻어 소쿠리에 담고 마늘과 고추는 먹기 좋게 잘라 접시에 담았다. 햇반은 전자레인지에 돌렸다. 술을 먹여 취하면 도망갈 생각으로 소주도 준비했다. 시골은 금세 어두워졌다. 풀벌레 소리가 요란했고 앞과 뒷산에서 부엉이가 울었다. 고기 굽는 냄새가 마당에 퍼졌다. 개는 제자리를 뱅글뱅글 돌았다. 평상에 야채와 김치, 술과 잔을 올려두었다. 그사이 별이 하나둘 보이기 시작했다. 멀리서 차 소리가 들릴 때마다 기대하는 눈빛으로 언덕 위를 쳐다보았지만, 이쪽으로 오는 차는 아니었다.

남자는 말없이 고기를 구웠다. 그는 왜 저렇게 느긋한 걸까. 이미 잡은 물고기니까 서두를 필요가 없다는 뜻일까. 무슨 말이라도 했으면 좋겠는데 침묵이 더 무서웠다.

"내일 조식을 먹을 수 있을까요? 블로그에 보니까 할머니 반찬이 맛있다는 후기가 많던데……."

조심스럽게 입을 뗐다.

"어려울 겁니다."

1초의 망설임도 없었다. 가슴이 서늘했다. 저 말의 의미는 무엇일까. 아침을 먹을 수 없다는 건 그전에 죽인다는 뜻일 것이다. 떨렸지만 흔들리는 감정을 들키지 않으려고 젓가락으로 햇반을 떠먹었다. 종일 제대로 먹지 않았는데 밥이 목에 걸렸다. 목장갑을 낀 남자가 그릴 가장자리로 구운 고기를 옮겨주었다.

"장모가 나이가 들어 이제 그런 일 못 할 겁니다."

내가 죽어서 못 먹는 게 아니고? 이 무슨 방정맞은 생각일까. 헐떡이는 개 앞으로 남자는 고깃덩이를 던졌다. 그는 여전히 마스크를 끼고 있었다. 먹지도 마시지도 않았다.

"같이 좀 먹어요. 혼자 먹으니 맛이 없네요."

남자는 못 들은 척 집게로 고기를 뒤집고 가위로 잘랐다. 가까운 곳에서 들어본 적 없는 벌레가 울었다. 앞산과 뒷산에서는 기분 나쁜 산짐승 소리도 들렸다. 삵인가.

"건배해요."

웃으며 잔을 들었다. 그는 처음에 따라 준 술도 마시지 않았다. 어떡해야 마스크를 벗게 할 수 있을지 머릿속이 복잡했다. 이쯤되면 느슨해져 술을 마실 만한데 끝까지 마스크를 벗지 않는 걸 보면 생각보다 차분한 놈 같았다. 남자가 침착할수록 두려움은 커졌다. 나는 그가 경계심을 풀도록 자연스럽게 술과 고기를 먹었고 오이와 과일을 깎았다. 사용한 과도는 내 손 가까이에 두었다. 포크와 젓가락도 몸쪽으로 당겨 놓았다. 최악의 경우 불타는 장작을 무기로 사용할 생각에 기다란 장작을 눈여겨봐 두었다. 들어올 때 봐 둔 곡괭이와 낫, 도끼도 위치를 파악했다.

"저는 마시면 안 됩니다."

계속된 건배 제의에 그가 말했다. 냉엄했다. 못 마시는 게 아니라 마시면 안 된다고 못 박았다. 제멋대로인 인간. 나르시시즘의 특징인가. 아니 피해망상이라고 했던가. 사이코패스일 수도 있다. 나는 멋대로 상상하며 그를 바라보았다. 마스크로 코와 입을 가렸지만, 호남형으로 보였다. 장작이 타오를 때마다 그의 얼굴이 이글거렸다. 남자는 조용했다. 꼭 할 말만 하고는 입을 다물었다. 그게 더 숨 막혔다. 하늘을 보았다. 별이 빛났다. 무수히 많은 별이 마당으로 내려왔지만, 즐길 기분이 아니었다. 외부와 단절된 곳, 처음 본 남자. 음침한 산장, 통신 두절, 산짐승과 풀벌레 소리……. 장작이 제 몸을 태우며 사그라져 가는 것처럼 나도 그렇게 사라질지 모른다.

"손님이 산장 마지막 손님이 될 겁니다."

고기를 뒤집으며 남자가 말했다. 순간 북쪽 하늘에서 별똥별이 떨어지는 걸 보았다. 합리적 의심은 했지만, 그래도 한 가닥 희망이 있었는데 스스로 범죄자임을 고백한 것이다. 오늘 밤 살해하려는 거구나. 할머니도 죽였을 거야. 담쟁이넝쿨로 뒤덮인 산장에 숨겼을지도 몰라. 다른 피해자가 더 있을 수도 있어, 나는 산장이 살육 현장으로 뉴스에 집중적으로 보도되는 상상을 했다. 하얀 시트에 덮인 시신들. 그 속에 나도 있겠지. 우는 아들. 자기 통제를 벗어날 때 알아봤다는 듯 냉엄하게 지켜볼 남편. 고개를 돌려 주변을 살폈다. 어둠이 먹어치운 풍경. 담장 아래에는 멧돼지가 몸을 숨긴 채 불이 꺼지길 기다리고 있을 것 같았다. 안도 밖도 다 위험했다. 배터리만 있었어도 화장실에 가는 척 경찰에 전화했을 것이다. 몰래 택시 기사를 호출해 빠져나갈 수도 있었다. 신이 나를 버린 것이다.

"그만 굽죠. 드시지도 않으면서. 전 이제 배가 불러요."

"저 개는 아직 배가 고플 겁니다."

"무슨 뜻이에요?"

"고기를 좋아합니다. 힘이 좋아 산짐승이 마당에 얼씬 못하게 하죠. 그만큼 낯선 사람한텐 예민합니다."

개를 조심하라는 것인지 본인이 예민하다는 뜻인지 이해가 안 되었다. 남자가 장작을 뒤집었다. 벌겋게 달아오른 장작에서 불꽃이 튀었다. 잔은 비었고 개는 펄쩍대며 으르렁댔다. 남자가 내 잔에 술을 채워주었다. 나만 취하게 만들 모양이었다. 저런 여유, 악질 범죄자의 특징인가. 밤을 충분히 즐긴 다음에 처리하려는 속셈. 소름이 돋아 나도 모르게 몸을 감쌌다.

기다란 장작 하나를 집어 화로대에 넣었다.

"장모는 약속을 중요하게 여기는 분입니다. 손님 때문에 내가 서울서 급히 왔어요."

안 탄 부분의 장작을 위로 돌려놓으며 남자가 말했다.

"그런데 마스크는 왜 계속 쓰고 있어요?"

술의 힘을 빌려서 낸 용기였다. 연기가 내 쪽으로 왔다. 매워서 눈물이 났다.

"키보드를 타다가 넘어져 앞니가 나갔어요."

훗. 웃고 말았다. 그래선 안 되는데 나도 모르게 웃음이 터졌다. 그가 피해망상증 환자라면…… 지금 내 행동에 분노할지 모른다. 무시당하는 걸 극도로 싫어하는 놈이니까. 걱정과 달리 남자는 별 반응이 없었다. 눈을 부라리고 화를 내는 것보다 침묵이 더 무서웠다.

"할머니는 왜 안 오실까요?"

언덕 위를 바라보며 물었다. 마당을 뺀 모든 곳이 암흑이었다. 이런 깊은 어둠. 도시의 밤은 어두운 것도 아니었다.

"올 겁니다. 입원할 정도는 아니었으니까요."

그릴에 남은 고깃덩이를 개한테 던져주며 남자가 대답했다.

"정말 개가 고기를 좋아하네요."

나는 과장되게 웃었다. 그게 웃을 일인가를 생각하며 남자의 눈치를 살폈다. 긴장을 풀려고 할수록 몸은 뻣뻣했다. 내가 넣은 장작에 불이 옮겨붙는 걸 지켜보았다. 불꽃에 남자 얼굴이 일렁거렸다. 눈이 마주쳤다. 불빛 때문인지 눈에 광기가 서려 있는 듯했다. 그가 갑자기 자리에서 일어섰다. 이제 시작하려는구나. 장작을 뒤집던 손으로 내 목을 조르려는 거야.

"뭘…… 하시려고요?"

방어 자세를 취하며 나도 몸을 일으켰다. 일어서니 취기가 확 올라오면서 머리가 핑 돌았다. 그가 움직이기 전에 먼저 나서야 하는데 큰일이었다. 비틀거리다가 의자 다리에 발이 걸렸다. 그가 조심하라며 팔을 뻗었다.

"물러 서!"

소리치며 나도 모르게 불붙은 장작을 꺼내들었다.

"움직이면 죽여버릴 거야."

장작을 휘두르자 사방으로 불꽃이 튀었다. 그가 왜 그러느냐며 나를 진정시키려 했다.

"움직이지 말랬지. 한 발만 떼면 너를 태울거야. 이 집도."

혀가 꼬여 발음이 제대로 되지 않았다.

"위험합니다. 내려놓으세요."

남자가 팔을 뻗어 나를 저지했다.

"오지 말라고!"

장작 끝으로 남자를 겨냥했다. 그의 얼굴이 활활 타고 있는 듯했다. 손이 뜨거웠다. 남자보다 내 손이 먼저 탈 수도 있었다.

"범죄자. 성폭행범. 도망 중인 거 다 알아."

내 목소리가 귀에서 윙윙댔다.

"그게 무슨 말입니까?"

"시치미 떼지 마. 너 얼굴 다 봤어. 그래서 마스크도 안 벗잖아."

"오햅니다. 위험하니까 일단 그건 내려놓고."

남자가 항복한다는 듯 두 팔을 올린 채 다가왔다. 나는 미친 듯 장작을 휘둘렀다. 불꽃이 반딧불이처럼 허공을 날아다녔다. 개가 요란하게 짖었다. 남자가 뒤로 물러서는 척하면서 자기가 어떡하면 믿겠느냐고 물었다.

"마스크 벗어!"

내 목소리는 내 것 같지가 않았다. 남자가 머뭇대며 손을 귀로 가져갔다. 장작은 이제 짧아져 내 손과 근접했지만 경계를 늦추지 않았다. 여기서 실패하면 그가 고기를 굽던 집게로 내 입을 찢어놓을 것이다. 몸을 토막 내어 개한테 던져 줄지 모른다. 그러면 나는 지구상에서 흔적도 없이 사라질 것이다.

그가 마스크를 벗었다. 남자의 얼굴을 제대로 바라봤다. 빠진 앞니가 눈에 먼저 들어왔다. 범인에게 있다는 턱밑의 반달 흉터는 보이지 않았다. 나는 당혹감에 휩싸였다. 그제야 손이 뜨겁다는 걸, 장작이 내 손을 곧 태울 수 있다는 걸 깨달았다. 남자가 장작을 뺏어 캠핑 화로대에 던졌다. 힘이 풀린 나는 마당에 쓰러지듯 주저앉았다. 모든 게 내 착각이었다. 공포는, 위험은 밖에 있지 않았다. 모든 게 내 안에 있었다. 남자를 내 그림자로 만든 건 나였다. 나는 남자를 해칠 수도 산장을 태울 수도 있었다. 풀벌레 소리가 멎었다. 개는 조용했다. 내 안에서 뭔가 깨지는 소리가 들렸다. 그것은 7년 동안 나를 감싸고 있던 유리 벽이었다.

다시, 숨

다시, 숨

대학 후문으로 야트막한 동산이 이어졌다. 화려한 빌딩 숲에 가린 뒷골목이 그렇듯 이곳 또한 음침하고 쓸쓸했다. 근처 야산에서 사람이 죽고 북문은 폐쇄되었다. 학생들은 정문과 남문을 이용했기에 이곳에 있던 원룸과 세탁소, 편의점은 뽀얀 먼지를 뒤집어쓴 채 낡아갔다. 방을 구하는 건 쉬웠다. 3층 건물 원룸에는 나와 206호 남자만 입주해 있다. 남자는 밤에 나갔다가 아침에 들어오거나 며칠씩 보이지 않을 때도 있었다. 가끔 골목을 어슬렁거리다 남자와 마주쳤고 눈인사를 하는 사이로 발전했다. 그는 나보다 예닐곱 살 많은, 삼십 대 후반이나 사십 대 초반으로 보였다. 깡말랐지만, 소매 아래로 드러난 팔은 강인해 보였다.

이곳에 오기 전 나는 이탈리아에서 아웃 바인드 가이드를 했다. 지금도 눈을 감으면 피사의 사탑이 그려진다. 다양한 나라 사람들이 삐뚜름한 사탑을 보러 왔다. 그들은 사탑을 검지로 받치고 품에 안거나 두 팔로 밀며 저마다의 다양한 포즈로 사진을 찍었다. 그곳에서 나는 수많은 관광객과 만나고 또 헤어졌다. 쉬는 날에는 피사 중앙역에서 산타 마리아 노벨라 역까지 기차를 타고 가 고풍스러운 건물이 즐비한 골목에서 거리 악사의 바이올린 연주를 들으며 에스프레소를 마셨다. 흥에 겨워 돌아다니다 피사로 돌아올 때는 아르노강을 가로지르는 베키오 다리를 건넜다. 다리 위 오밀조밀한 귀금속 상점을 지날 때마다 예쁜 목걸이 한 번 걸어보지 못한 할머니를 생각했다.

영원히 곁에 있겠다던 할머니는 내가 대학을 졸업하던 해에 죽었다. 졸업 후 나는 선배가 가이드 일을 하는 이탈리아로 갔다. 관광 통역안내사 일은 적성에 맞았다. 의미와 보람도 있었다. 관광객이 끊이지 않아 소득도 괜찮았다. 어째 일이 잘 풀린다고 생각했는데 난데없이 코로나 바이러스가 지구촌을 공격했다. 감염병이 끝나기를 기다리며 버텼지만, 시간이 지날수록 상황은 더 나빠졌다.

버티던 나는 패잔병처럼 서울로 돌아왔다. 입국과 동시에 내 삶은 미로에 갇혔다. 공항에서 대기 중인 버스에 올랐고 격리에 들어갔다. 자가 격리 중 냄새가 사라진 걸 알았다. 김치와 카레도 무향이었다. 곧바로 검사를 받았고 감염된 걸 알았다. 7년 만에 돌아온 서울에서 나의 미래는 피사의 사탑처럼 기울었다. 방역복을 입은 사람들이 왔고 지정병원으로 연행되듯 실려 갔다. 어디서 어떤 경로를 통해 감염된 지도 모른 채 외부와 차단된 병동에 갇혔다. 두려웠다. 억울하고 슬펐다. 두 달간 집중 치료를 받고 바이러스 미검출 확인을 받은 뒤에야 완치 판정을 받았다.

병원을 나서자 햇살도 세상도 사람도 낯설었다. 갈 곳도 맞이해 주는 이도 없었다. 할머니가 없는 나라는 피렌체나 마찬가지였다. 우주 미아가 된 기분이었다. 병원 앞에 멍하니 서 있었다. 누구든 나를 대기권 밖으로 데려가 주었으면 싶었다.

무작정 택시를 탔다. 기사가 목적지를 물었다.

"어디든."

마스크를 한 기사가 룸미러로 쳐다보았다. 그의 시선이 부담스러워 잠시 고민하다가 아저씨 마음 내키는 대로 한 바퀴 돌다가 아무 전철역에나 내려달라고 했다.

기사가 차를 세운 건 까치산역이었다. 왜 하필 까치산역일까. 할머니는 집 앞 감나무에서 까치가 울면 길조라고 좋아했다. 좋은 일이 없을 것 같은데 까치산역이라니. 전철을 탔다. 할머니와 살던 동네에 가 보고 싶었다. 승객들이 흘끔거렸다. 마스크를 안 썼나 싶어서 얼른 얼굴을 더듬었다. 다행히 입과 코는 잘 가려져 있었다. 옷매무새에도 문제는 없어보였다. 아무래도 커다란 배낭과 내 몸보다 큰 여행 가방 때문인 것 같았다. 검사를 받았다고 해명할 수도 없는 상황이라 가만있었다. 피해의식에 사로잡힌 나는 어린 학생의 눈길에도 주눅이 들었다. 무심한 듯 승객들 틈에 끼어 있었지만, 벌레가 된 기분이었다. 어둡고 구석진 곳이 있으면 숨고 싶었다.

그동안 마을은 폭풍 발전하여 근처를 몇 바퀴를 돈 후에야 옛날 살던 동네를 찾을 수 있었다. 좁고 낡은 길과 금가고 부서진 집들은 원래 없었던 것처럼 감쪽같이 정리되었다. 7년이란 시간이 어떻게 흘렀는지 높은 빌딩과 빽빽한 아파트, 쭉 뻗은 도로가 말해주었다. 할머니와 살 때부터 재개발 소문이 들리더니 우리가 떠나자마자 공사가 시작된 모양이었다. 옛집이 있던 자리엔 10층 건물이 들어섰다.

1층 커피숍으로 들어갔다. 커피를 내리고 제빵사들이 빵을 구워 홀 가판대에 내놓는데도 내 코는 고요했다. 숨을 깊게 들이마셔도 걸려드는 냄새가 없었다. 여러 냄새에 머리가 지끈거리던 날들이 그리워지면서 흙냄새와 비, 땀과 담배 냄새가 밴 할머니 품속. 질리게 먹었던 잡탕과 우거지된장국이 난데없이 생각났다.

피렌체에서 자주 마시던 에스프레소와 치즈 케이크를 주문했다. 외로운 마음을 위로해 주던 달달하고 강한 쓴맛. 두 맛의 조합은 할머니와 나의 삶 같았다. 크림 파스타와 바깔라 요리, 리소토를 먹을 때도 에스프레소를 마셨다. 칵테일 역시 약간 쌉쌀한 맛이 나는 캄파리가 좋았다. 양파, 당근, 감자, 셀러리를 토마토

48

페이스트로에 볶아 만든 스프를 먹을 때는, 여러 맛을 섞어 맛의 통일성을 잃어버리게 한 할머니의 잡탕우거지된장국이 기원이었을 거란 터무니없는 상상을 했다.

옛 기억에 빠져 있는 동안 창밖이 어스름해졌다. 여행용 가방을 끌고 밖으로 나왔다. 횡단보도를 건너 나지막한 옛집이 앉았던 10층 건물을 바라보았다. 이질적인 건물 속에서 할머니가 손을 흔들어주는 것 같았다. 다시 이곳에 올 일이 없을 것 같아 나도 손을 흔들었다. 여행용 가방과 함께 길거리에 우두커니 서 있는데 상점 유리에 내 모습이 비쳤다. 실루엣이 흐릿했다. 후각을 잃은 뒤 머릿속이 캄캄하고 행동은 둔해졌다. 지금 내 곁에는 배낭과 부피 큰 가방뿐이었다. 그 속에 든 잡다한 의류와 기호품, 생활용품, 여권을 빼면 나도 없다. 안녕. 가게 유리에 비친 나한테 인사하고 나니 어디에도 없는 사람이 되고 싶었다. 스마트폰을 꺼냈다. 저장된 번호를 삭제하기 시작했다. 그러는 사이 가로등과 상가, 아파트에 불이 하나둘 켜졌다.

"할매, 내 혼자 두고 죽으면 안 된데이."

"오야. 나는 천년만년 살끼다. 우리 손자 중학생 되고 장가가서 니를 쏙 빼닮은 새끼 낳는 거 봐야제."

"참말이제? 그 약속 꼭 지킬 수 있제."

나는 손가락을 걸었다.

"하머. 걱정 꼭 붙들어 매라 카이. 이 할매는 니 혼자 두고……."

잠잠해서 쳐다보면 그새 코를 골았다. 입을 반쯤 벌리고 숨을 푸푸 쉬었다. 그 소리가 좋았다. 듣고 있어야 안심이 되었다. 너무 조용하면 불안해져 코밑에 가만히 손가락을 대보았다.

"깍꿍! 내 안 죽었지."

할머니가 눈을 번쩍 떴다. 나는 와앙, 울음을 터뜨렸다. 할머니는 미안해하며 담배 냄새가 밴 품에 꼭 안아주었다.

"할매. 담배 좀 그만 피워라. 냄새난다."

"냄새는 무슨……."

"할매는 코 없나?"

"이놈아. 코가 없긴 왜 없노, 자슥 앞세운 늙은이가 무슨 재미로 살았겠노. 담배라도 있으이 견뎠제."

나는 오만 인상을 썼고 할머니는 천장으로 담배 연기를 후, 불었다.

전철과 버스를 갈아타길 여러 번, 어디선가 본 적이 있는 길을 따라 무작정 걷다가 대학 때 친구가 살던 이곳까지 오게 되었다. 동네가 조용해서 좋았다. 사람들에게서 잊힌 골목이 꼭 내 신세와 닮았다. 코로나로 온라인 수업을 해선지 후문은 조용하다 못해 괴괴했다. 한적해서 죽기엔 딱 좋았다. 원룸 특성상 옆집에 관심이 덜한 데다 빈방이 수두룩했고 더 좋은 건 원룸과 마주한 판 잣집이 할머니와 살았던 집과 닮아서 정이 갔다. 2층 방에서 창 문을 열고 아래를 내려다보았다. 할머니가 쪽문을 열고 밥 먹으 라고 소리칠 것 같았다. 할머니가 부르면 포켓몬 카드를 바지 주 머니에 넣고 골목을 뛰어서 내려갔다. 할머니가 죽은 뒤에는 함 께 밥 먹을 사람이 없었다. 가이드 일을 할 때도 고객을 먼저 챙 긴 후 홀로 다른 테이블에 앉아서 배를 채웠다.

원룸에 앉아서 죽음을 연구하기 시작했다. 목을 맬까. 독극물 을 마실까. 굶을까. 건달한테 시비 걸어 맞아 죽을까. 달리는 자 동차에 뛰어들까. 저수지에 몸을 던질까. 다양한 방법이 있었지 만 어떤 것도 쉬워 보이지는 않았다. 결국 타인의 도움을 받는 쪽 으로 마음을 정했다. 문제는 살인마가 아니고서야 어느 미친놈이 그 짓을 해줄까 싶었다.

가이드 일을 해서 번 돈은 바닥을 보였다. 아르바이트 자리를 찾았지만, 코로나로 손님이 끊겨 있던 알바생도 내보낸다는 냉소 적인 말만 들었다. 문득 206호 남자가 떠올랐다. 힘줄이 우둘투 둘 튀어나온 팔뚝이 어둠 속에서 빛날 때 칼을 사용하는 자의 포 스가 느껴졌다. 나는 창문에 붙어 서서 자주 아래를 내려다보았 다. 그가 보이면 소주 한 잔 마시자고 할 참이었다. 창문을 열 때 마다 기다리는 남자는 보이지 않고 판잣집이 보였다. 양철 지붕은 풍파 많은 누대를 잇대어 놓은 듯 처절해 보였다. 처음엔 지붕이 내려앉아 폐가인 줄 알았는데 어느 하루 판잣집 텃밭에서 노파가 달팽이처럼 움직이는 게 보였다. 처마 아래에는 자그마한 마루가 있고 그 옆에는 연탄을 판자때기로 가려두었다. 집과 공터 사이에는 커다란 은행나무가 섰고 그 아래에는 고개 꺾인 선풍기, 뚜껑 날아간 밥솥, 솔기 터진 곰 인형 등 각종 폐생활용품이 쌓여 있었다. 밤이 지나면 폐기물은 하나씩 더 늘었다.

가을이 되자 그 위로 노란색 은행잎이 떨어졌다. 무단 투기를 잡겠다는 경고장이 붙었지만 겁내는 사람은 없었다. CCTV가 고장이란 걸 모두 아는 모양이었다. 대도시 인근에 아직도 이런 곳이 남아 있다는 게 이해되지 않았지만, 고층 빌딩 뒤에 흔히 있는 산동네를 생각하면 이상할 것도 없었다.

연탄을 보니 할머니 생각이 났다. 할머니는 11월만 되면 연탄 100장과 쌀 20킬로그램을 들여놓았고 그 일을 끝내야만 안심한 얼굴이었다.

할머니는 겨우내 우거지된장국을 끓였다.

"또 이거가? 먹기 싫다."

나는 숟가락을 탁 놓으며 짜증을 냈다.

"쯧쯧. 씨도둑은 못 한다고 지 애비가 하던 짓을 똑같이 하네. 먹기 싫으마 굶어라."

"나도 햄, 소시지 반찬 묵고 싶다."

"이 할미 팔아서 사무라."

"할매를 누가 산다고? 허리도 꼬부라졌는데."

"모르는 소리 마라. 이래 비도 나가면 살 사람 천지 삐까리다."

할머니는 앞니 빠진 얼굴로 흐흐 웃으며 우거지된장국을 떠 쪼글쪼글한 입속으로 밀어 넣었다.

"빨리 무라."

"먹기 싫다카이. 인자 우거지 된장국은 냄새도 맡기 싫다."

"사내는 아무거나 잘 묵어야 나중에 각시한테 이쁨 받는다. 니처럼 꼬드랍게 굴면 여자들이 내뺄걸. 니 에미도 그래서 도망간 거라."

할머니는 담배 연기를 길게 뿜으며 한숨을 토했다. 그 말은 내가 계속 힘들게 하면 도망갈 수 있다는 말로 들렸다.

제사를 지내고 나면 할머니는 제사상에 올렸던 탕국물에 동태와 부추, 두부 부침개 등 자투리 음식을 섞어 잡탕을 끓였다.

"이거 무슨 냄새고?"

생선과 야채전이 섞인 잡탕은 걸쭉했고 비린내와 밀가루, 기름 냄새가 뒤섞여 정체가 모호했다. 나는 숟가락을 드는 대신 코부터 벌름거렸다.

"니는 음식을 코로 묵나?"

할머니는 밥상머리에서 그러면 복 달아난다고 야단쳤다.

"할매. 제사 또 언제 지내노?"

뜨악한 표정을 짓던 할머니는 내 얼굴을 물끄러미 바라보더니 껍데기가 보고 싶으냐고 물었다.

"껍데기가 머꼬?"

"니 아바이 말이제."

"아니. 그게 아이고……."

"크면 껍데기가 궁금해지는 기라."

할머니가 담배를 찾았다. 나는 무릎걸음으로 다가가 아빠도 엄마도 필요 없고 할매만 있으면 된다며 이마의 주름살을 문질렀다. 주름만 없애면 할머니가 영원히 살 것 같았다.

2층 남자는 요 며칠 보이지 않았다. 그가 날 죽여준다면 얼마나 좋을까. 그 부탁만 들어준다면 뭐든 할 생각이었다. 할머니가 하늘에서 내려다본다면 쇠도 씹어 먹을 나이에 허튼 생각 한다며 호통을 치겠지만 존재의 가벼움과 후각이 돌아오지 않아 고통스러웠다. 마음을 붙여볼까 해서 데려온 길고양이도 도망갔다. 피렌체에서 가이드를 할 때는 목적이 뚜렷했다. 돈 벌어서 여행사를 차리겠다는 야무진 계획도 세웠는데 그 모든 게 없던 일이 되고 말았다. 누구 탓도 아니지만, 누구라도 탓하고 싶었다.

은행나무 아래로 고양이 한 마리가 지나갔다. 나랑 살던 놈은 아니었다. 원룸 앞을 배회하던 까만 고양이를 집에 데려온 적이 있었다. 놈을 위해 참치와 햄, 고기를 샀다. 술을 마시다가도 놈이 쫄쫄 굶고 있을 생각에 일어서곤 했다. 현관문을 열면 부리나케 달려와 반가운 척 맞아주던 놈이 그리웠다. 그놈의 배를 채워주기 위해 뭐든 했다. 하지만 구속을 싫어하는 놈은 열흘을 못 넘기고 도망쳤다. 고양이가 사라지자 나는 다시 공기처럼 가벼워졌다.

어두워지면 습관처럼 번화가로 나갔다. 사회적 거리두기가 완화되면서 상점마다 불이 환했고 거의 3년 만에 거리는 행인들로 북적였다. 이곳저곳에서 흘러나온 음악은 사람들의 마음을 들뜨게 했고 네온사인은 그들의 발목을 잡았다. 미래를 지워버린 나는 겁나거나 두려울 게 없었다. 왜 이러고 사느냐고 나무라거나 혼낼 할머니도 없고 먹이를 안 주면 굶어 죽을 고양이도 없었다. 하루빨리 거치적거리는 몸뚱이를 처분해 버리고 싶은 마음뿐이었다.

여자를 샀다. 발가벗겨 침대에 눕혀놓고 정수리부터 발가락까지 냄새를 맡았다. 겨드랑이와 사타구니에 코를 박고 쿵쿵댔다. 처음엔 간지럽다고 깔깔대던 여자는 나의 광기와 집요함에 겁을 먹고 속옷 차림으로 도망쳤다. 노숙인 여자를 돈으로 유인한 적도 있었다. 캄캄한 밤에 야산 밤나무 아래서 그녀의 냄새를 맡았다. 엉킨 머리칼과 여러 겹으로 껴입은 옷가지는 피부에 층층이 쌓인 각질 같았다. 나는 빨지 않아 **뻣뻣해진** 옷을 하나씩 벗겨가며 코를 들이밀었다. 땟국물로 얼룩덜룩한 젖가슴과 엉덩이에도 코를 박았지만 냄새를 찾는 데는 실패했다.

"빌어먹을. 빌어먹을. 빌어먹을!"

네온사인이 현란한 밤거리는 먹을 게 넘쳤다. 한 집 건너 숯불 갈비, 중화요리, 막창, 치킨, 피자집이었다. 간판마다 실물보다 더 먹음직한 모형 음식 사진이 내걸렸다. 화장품과 향수 전문점도 보였다. 거리는 온통 냄새로 가득한데 나는 그 속으로 들어갈 수 없었다. 냄새가 사라진 도시는 영화관에서 무음 상태의 영화를 보는 것과 같았다. 후각만 돌아온다면 노숙인 여자의 음부도 사랑할 것 같은데 맡아질 듯 맡아질 듯 애를 태우면서 돌아오지 않는 후각으로 내 삶은 급격히 기울었다.

숯불 갈빗집 앞에 멈춰 서서 단전 호흡하듯이 냄새에 집중했다. 간절한 바람과 달리 침샘은 자극되지 않았다. 의사는 차츰 기능이 돌아올 거라고 했다. 아주 드물지만 영 돌아오지 않을 가능성도 배제할 수 없다는 말을 조심스레 덧붙였다. 무슨 엿 같은 소린지.

직접 구우면 냄새를 맡을 수 있을지도 모른다는 생각에 음식점 안으로 들어갔다. 삼겹살과 목살을 시켰다. 고기가 지글지글 익는데 냄새는 나지 않았다. 커다란 잔에 맥주와 소주를 섞었다.

두 잔을 연거푸 마시니 기분이 좋아졌다. 집게로 고기를 뒤집었다. 노릇하게 익은 걸 입에 넣었다. 육즙은 나오는데 맛이 느껴지지 않았다. 고무나 종이를 씹는 기분이었다. 후각과 함께 미각도 둔해졌다. 음식을 코로 먹느냐던 할머니가 생각나 폭탄주를 쭉 들이켰다. 김치와 양파, 마늘을 닥치는 대로 씹었다. 맵고 짜고 쓰고 고소한 맛을 느껴야 할 혀는 무생물처럼 덤덤했다. 나도 모르게 주먹으로 테이블을 쳤다. 잔이 엎어지면서 술이 테이블로 쏟아졌다. 손님과 직원 눈동자가 볼링공처럼 굴러왔다. 스트라이크! 나는 흐흐 웃으며 잔을 높이 쳐들었다. 넘친 술이 팔꿈치를 타고 흘러내렸다.

비틀대며 밖으로 나왔다. 미친놈! 누군가 등에다 욕설을 꽂았다. 미친 게 맞았다. 내가 봐도 미친 게 분명했다. 행인들이 휙휙 지나갔다. 마스크 속으로 눈물이 흘렀다. 휴대폰 가게 앞에 쭈그려 앉았다. 광고판에 얼굴을 기댔다. 사람도 상점도 삐딱하게 보였다. 세상이 기울었다. 아니 내가 기운 것이다. 관광객은 비스듬하게 기운 피사의 사탑을 신기하게 바라보았다. 쓰러져야 하는데 그게 딱 버티고 있으니 호기심이 발동한 것이다. 기적의 광장 잔디밭에는 피부, 체형, 생김새, 언어가 다른 사람들로 북적였다. 한국에서 온 패키지 관광객도 그 앞에서 경쟁적으로 인증샷을 찍었다. 한 팀이 가고 나면 곧바로 다른 팀이 왔다. 팀이 바뀔 때마다 나는 마이크를 들고 같은 말을 반복했다.

피사의 사탑을 처음 본 건 초등학교 교과서였다. 한쪽으로 기운 사탑이 신기했다. 나는 자주 사탑 흉내를 냈다.

"뭐하노. 하라는 공부는 않고. 병신처럼 삐뚜름하게 서서."

"병신 아이다. 이 사진 좀 봐라."

나는 파를 다듬는 할머니에게 사진을 보여 주었다.

"치아라. 고마. 눈 어두버서 안 빈다. 병신 짓 고마 하고 공부나 쫌 해라. 커서 뭐 될라카노."

"그기 아이고 이런 탑이 이탈리아에 있다카이. 이만큼 기울어졌는데 안 쓰러져, 신기하제?"

"신기할 것도 천지 삐까리다. 땅이 꾹 붙잡고 있으니 안 넘어지제. 그기 바로 흙의 힘이다."

할머니가 빈 입을 오물거리며 말했다.

"할매는 순 엉터리다."

"엉터리는 무슨. 사람도 잡아주는 기 있다."

그게 무슨 말이냐고 묻자 할머니는 마음대로 죽지 못하게 꼭 붙들고 있는 게 있다고 했다.

"그카이 그게 뭐냐고?"

할머니는 파를 다듬던 손가락에 담배를 끼웠다. 연기를 빨아들이는 할머니 입이 합쭉했다.

"바로, 니다."

할머니가 뱉은 연기는 하늘로 올라가 구름이 되었다.

며칠 보이지 않던 2층 남자를 원룸 복도에서 만났다. 그가 손에 들고 있던 봉지를 부스럭대더니 캔 커피를 내밀었다. 뭔가 할 말이 있는 듯 보였다. 나는 캔 커피 따개를 땄다.

"혹시……."

그가 입을 열었다.

"보아하니 직장도 없는 것 같은데 나랑 작업 한 번 할까?"

마침 부탁할 일이 있었는데 그가 먼저 말을 걸어와 다행이었다. 그는 주위를 쓱, 둘러본 뒤 나지막한 소리로 돈 버는 일이라고 했다.

"대신 저도 조건이 있습니다."

내 말에 206호는 힘줄이 울퉁불퉁한 팔뚝을 긁으며 호기심을 보였다. 나는 남은 커피를 쭉 마신 뒤 소매로 입을 닦았다.

"혹시…… 사람 죽여 봤어요?"

단도직입적으로 들어갔다.

"왜…… 죽이고 싶은 놈이라도 있어?"

그의 눈빛이 잠시 흔들렸으나 이내 무뢰한같이 오징어를 질겅대며 내 눈을 씹어 먹을 듯 쏘아보았다.

"……."

"말해봐."

그가 건들대며 말했다.

"근데…… 진짜 죽여 봤어요?"

"있지. 사람은 아니고 소와 돼지."

그의 팔 근육이 유난히 발달하였고 손등의 힘줄이 나무뿌리 같은 이유를 알았다.

"누굴 죽이고 싶은데? 사람이라고 가축을 잡는 것과 뭐가 다르겠어?"

그의 말은 죽여줄 수도 있다는 말로 들렸다. 나는 턱을 만지며 잠시 생각에 잠겼다.

"말해 보라니까!"

나는 들고 있던 캔으로 가슴을 툭툭 쳤다. 그러자 남자는 한쪽 입술 끝만 끌어올리며 비웃듯이 미소 지었다.

"왜 죽고 싶은데?"

괜히 해보는 말로 들리는 모양이었다.

잠시 뒤 남자는 며칠 뒤 답을 주겠다고 한 뒤 계단을 내려갔다. 남자의 대답을 기다리는 동안에도 나는 계속 기울었다. 피사의 사탑은 11년의 대대적인 공사로 5.5도 각도에서 기울어짐이 멈췄지만 나는 할머니가 다시 살아오거나 후각이 돌아오지 않는 한 기울기를 멈추지 않을 것 같았다.

이탈리아에 남았던 선배에게서 전화가 왔다. 어떡하든 버텨보려고 했는데 잠잠하던 바이러스가 마지막 보루인 의료체계를 흔들었다고 했다. 병원 화장실에 시신이 방치되는 걸 보자 감염되면 타국에서 죽을 수도 있겠단 생각이 든 모양이었다. 서울에 가면 함께 지낼 수 있느냐고 물어왔다. 나는 빈방은 많다고 했다. 감염되어 후유증으로 후각을 잃었다는 말은 하지 않았다.

바람이 찼다. 판잣집 옆으로 막바지 은행잎이 떨어져 층층이 쌓였다. 바람은 낙엽을 이리저리 끌고 다니다 아무 곳에나 풀어놓았다. 야산으로 산책을 나갔다. 밤나무와 상수리, 소나무가 울창하더니 잎사귀가 떨어지자 숲은 헐거워졌다. 크고 가지가 튼튼해 보이는 나무가 있으면 펄쩍 뛰어 매달려보았다. 내 무게를 버텨줄지 궁금했다. 2층 남자가 거래를 거절하면 어쩔 수 없이 나무의 도움을 받을 생각이었다. 어두워져서야 산에서 내려왔다. 은행나무 아래서 무시래기를 엮고 있던 노파와 마주쳤다.

"아이코, 놀래라. 인기척 좀 내고 다녀. 이놈아!"

노파가 소릴 질렀다. 영문도 모른 채 봉변을 당했지만, 더 심한 욕을 해도 기분 나쁘지 않을 것 같았다.

"새파란 놈이 허리 좀 펴고 다녀! 뭣 때문에 개죽도 못 먹은 상판대기를 하고 다녀? 세상 다 산 것 같은 꼬락서니 하고는. 쯧쯧."

노파는 시래기 엮던 손을 멈추지 않고 말했다. 내게 한 말인지 혼잣말인지 알 수 없었지만 죽은 할머니를 만난 듯 가슴이 따뜻해졌다.

집에 들어온 나는 냉장고에서 양파와 감자, 당근과 카레 분말을 꺼내 요리를 시작했다. 돼지고기를 볶고 네모나게 썬 감자와 양파, 당근을 넣고 끓이다가 카레 분말을 풀었다. 노랗게 익어가는 카레는 비주얼이 먹음직했지만, 숟가락으로 아무리 떠먹어 봐도 미뢰는 요지부동이었다. 민감도가 아예 떨어져 뇌로 어떤 자극도 전달하지 못하고 있었다. 내가 만들었지만 어떤 맛인지 알 수 없는 카레를 들고 206호로 갔다. 먹어봐 달라고 할 참이었는데 초인종을 눌러도 인기척이 없었다. 생각 끝에 그릇을 들고 바깥으로 나갔다. 개와 고양이가 다니는 길목에 두고 올라왔다.

206호는 며칠째 연락이 없었다. 이리저리 헤매다가 피자집을 찾았다. 코를 벌름거리며 가게 안으로 들어섰다. 피렌체에서 질리도록 먹었으니 뇌파가 과거의 경험을 기억하기를 바라며 구석 테이블에 앉았다. 고르곤 졸라 피자를 시켰다. 오븐에서 피자가 익는 동안 코를 계속 벌름거렸다. 한 입 베어 물고 천천히 음미했다. 아무리 집중해서 씹어도 맛을 느끼기 힘들었다. 침샘을 자극하고 기분을 좋게 하는 냄새는 어디로 갔을까.

직원을 불렀다.

"왜 피자에 피자 냄새가 없어요?"

"무슨?"

여직원은 생뚱맞은 질문에 당황한 표정을 지었다.

"피자에 피자 맛이 없다고요!"

나는 피자 한 조각을 들어 여직원 얼굴 가까이 가져갔다. 그녀가 고개를 갸웃대며 다른 직원을 불렀다. 덩치가 아주 큰 남자가 왔다. 나는 여직원에게 했던 말을 똑같이 했다. 그가 어이없는 표정을 지었다. 나는 남자 직원 코에 피자를 갖다 댔다.

"피자는 정상인데 손님 코에 문제가 있는 것 같습니다."

"뭐, 코. 내 코가 어때서?"

흥분한 나는 남자 직원 뺨을 후려쳤다. 그러자 그의 우락부락한 손이 내 팔을 움켜쥐었다.

"이런 개자식. 술을 처먹었으면 집에 가서 잘 것이지. 어디서 행패야?"

그가 내 귀에 대고 씹어 먹을 듯 말했다.

"술 안 마셨는데?"

나는 실실 웃었다. 그러자 직원은 뒷문으로 나를 끌고 갔다. 창고 같았고 잡다한 물건이 잔뜩 쌓여 있었다.

"동생 같아서 그러는데 정신 똑바로 차리고 살아!"

그가 눈을 부라리더니 주먹을 날렸다. 나는 얼굴을 감싸며 바닥에 쓰러졌다. 사물이 흐릿한데 이상하게 속은 시원했다. 피식피식 웃자 그가 이번엔 배를 걷어찼다. 숨이 멎는 듯했다. 나는 바닥을 기며 직원의 다리에 매달렸다. 더…… 더 때려줘. 그것도 주먹이냐?

"이 새끼 진짜 미쳤네."

그가 구둣발을 들어올렸다.

다음날 밤 206호 남자가 소주와 오징어포를 들고 내 방을 찾았다. 그는 멍들고 찢어진 내 얼굴을 보고서도 별말이 없었다.

"판잣집 노파 알지?"

오징어포를 씹으며 그가 입을 뗐다. 남자와 나는 각자 손에 소주를 들고 병째 마셨다.

"궁상맞아 보여도 알부자야. 소유하고 있던 땅이 신도시에 편입되면서 보상을 겁나게 받았거든."

나는 그게 무슨 상관이냐는 눈빛으로 그를 쳐다보았다.

"한방에 깔끔하게 끝내자. 성공한 뒤에도 마음이 변하지 않으면 그땐 원하는 대로 킥……."

그가 손으로 목 치는 시늉을 해 보였다. 내가 망설이자 206호는 사람은 헤치지 않을 거라고 했다.

"저 노인 금고에 돈 쌓아두고도 못 써. 저러다 죽으면…… 자식도 없다던데."

남자는 어차피 사회에 환원될 거 필요한 사람이 먼저 갖다 쓰자고 했다. 206호는 노파가 은행을 못 믿어서 많은 현금을 안방 금고에 보관하고 있다는 말을 덧붙였다.

"자식이 없어요?"

"아들 하나가 있었는데 바다낚시 갔다가 실종됐대…… 살았으면 벌써 돌아왔지. 10년이 지났다는데."

남자의 말을 들으니 노파의 괴이한 행동이 이해가 되었다. 비가 내리는 날에도 은행나무 아래에 쪼그리고 앉아 담배를 피우는 걸 보았다. 그녀의 공허한 시선은 늘 골목 끄트머리에 가 있었다. 청승맞아 보였는데 이유를 알게 되니 측은했다. 노인의 흡연은 습관 같았다. 앉기만 하면 입에 물었다. 10월 중순까지만 해도 판잣집 옆 텃밭에서 배추벌레처럼 꼬물대더니 기온이 떨어지자 햇볕이 있는 한낮에만 은행나무 아래에 앉았다. 나는 노파의 앙상한 등을 보며 숲으로 들어갔고 해가 지면 내려왔다.

206호는 다음날도 내방을 찾았다.

"할마이는 초저녁잠이 많아. 7시면 잠자리에 드는데 11시쯤 깨서 오줌을 눠. 담배 한 대 피고 다시 잠들면 새벽 4시 30분에 일어나."

206호는 노파의 일과를 훤히 꿰뚫고 있었다. 놀라워하자 먹잇감을 사냥하는데 정보는 기본이라고 했다. 그는 노파가 2차로 잠드는 새벽 2시에 작업을 하자고 했다. 판잣집이라 문 따고 들어가기 쉽고 재수가 없어 들킨다 해도 늙은이 하나 제압하는 건 일도 아니라고 했다. 나는 2층 남자가 도축업자가 맞는지 의심스러웠다. 그가 이 동네에 들어온 목적이 노인이었을 거란 생각이 들었다. 한편으로는 그가 어떤 인물이건 내가 기댈 수 있는 마지막 보루라 여겼기에 협약을 깰 생각은 없었다.

범행 하루 전날 마음이 심란했다. 이탈리아에서는 1분도 아껴가며 살았는데 열심히 일해 온 시간조차 의미가 없어졌다. 기분이 울적하니 로마의 배꼽이라 불리는 베네치아에서 마시던 페론치노 맥주와 피렌체의 노상 카페에서 즐기던 에스프레소가 생각났다. 가까운 카페를 찾았다. 간절한 마음으로 천천히 향을 빨아들였다. 죽을 날이 가까웠다는 사실보다 깊은 쓴맛을 느껴보지 못하는 게 더 슬펐다. 살짝만 촉수를 건드려주면 물감이 번지듯 천지로 널려 있는 냄새가 콧속으로 빨려들 것 같은데⋯⋯ 아무래도 의사가 말한 운이 안 좋은 몇만 명 중 한 명이 나인 것 같았다.

완전히 어두워져 터벅터벅 원룸으로 돌아왔다. 골목 어귀에 들어서는데 평상시와 다른 무언가가 감지되었다. 냄새는 넓은 허공에 골고루 퍼져 있었다. 코를 킁킁대며 천천히 한 발짝씩 걸었다. 코끝에 실낱같은 냄새가 걸려들었다. 나는 걸음을 멈추고 세포 조직을 핀셋으로 조심스레 집어 올리는 생체 연구원처럼 그 어떤 냄새에 집중했다. 코점막이 간질거렸다. 은행나무 아래에 섰을 때는 자극이 좀 더 심해 콧구멍이 절로 찡긋거려졌다. 나는 캄캄한 밤거리에 거미줄처럼 가늘게 흔들리는 냄새를 코끝에 걸어 놓고 그것이 날아갈 새라 조심스럽게 숨을 빨아들였다. 과한 집중에 머리가 터질 것 같았지만, 냄새의 진원지와 차츰 가까워졌다.

내 코가 노파의 판잣집으로 들어서고 있었다.

"웬 놈이야?"

목소리와 함께 물 한 바가지가 마당에 확 뿌려졌다.

"개새끼도 아니고 뭐 처먹을 게 있다고 남의 집에 코를 박고 킁킁대?"

"죄송…… 죄송합니다. 제…… 제가 찾던 냄새가 이곳에서……."

"뭔 자다가 봉창 두들기는 소리야. 내 집에 무슨 냄새가 난다고. 썩 꺼지지 못해!"

노파는 물을 더 부을 요량으로 바가지를 들었다. 순간 할머니가 끓이던 잡탕 냄새가 콧속으로 훅 들어왔다.

"왜 자꾸 남의 집에서 콧구멍을 벌려? 재수 없게."

노파가 소리쳤다.

"제발…… 조금만 더 있게…… 제가 뭘 좀 찾고 있거든요."

"글쎄. 그게 뭐냐고! 너 도둑놈이야?"

노파는 플라스틱 주걱을 마구 휘둘렀다.

"도둑 아닙니다. 저 아시잖아요. 저기 원룸에 살아요."

소동이 벌어지는 동안에도 코의 말초신경은 계속 자극되었고 냄새는 신경세포를 건드렸다. 코가 부엌과 가까워졌을 때는 감각기관이 미친 듯 파동쳤다.

"이거, 이거 진짜 미친놈이네."

노파가 휘두르는 주걱에 이마를 맞았지만, 가슴은 뜨거웠다. 냄새에 코를 깊숙하게 꽂고 있는데 시커먼 그림자가 마당으로 쓱 들어섰다.

"여기서 뭐 하는 거야?"

206호였다.

"이건 또 뭐야."

노파가 마당 한 구석에 세워놓았던 빗자루를 찾아들더니 206호와 나를 향해 마구 휘둘렀다.

그가 내 팔을 무지막지하게 끌었다. 끌고 간 곳이 판잣집 옆 텃밭이었다. 206호가 내 가슴을 거칠게 밀었다. 나는 중심을 잃고 배추밭 고랑에 자빠졌다. 그가 내 멱살을 잡아 일으켰다. 동시에 강펀치가 날아왔다. 코와 입가가 축축했다.

"일어서 새끼야. 정보 줬더니 네 놈 혼자 해쳐 먹으려고?"

"그게 아니고……."

"아니긴 뭐가 아니야. 쓰레기 같은 놈아! 죽고 싶다 그랬지. 그래. 오늘 내 손에 죽어봐라!"

206호는 내 몸 위에 걸터앉아 때리기 시작했다. 그의 주먹이 닿을 때마다 시원했다. 나는 피 묻은 얼굴로 히죽거렸다. 이 새끼. 죽을 때도 웃나 보자. 남자가 강펀치를 연속으로 날렸다. 밭 고랑에 처박히길 여러 번, 정신이 아득했다.

"냄새를 찾았어. 냄새를!"

그게 206호를 더 흥분시켰는지 발길질을 멈추지 않았다. 그의 발아래서 신나게 깨지고 있는데 할머니 얼굴이 희붐하게 떠올랐다. 입과 코에서 피가 왈칵왈칵 쏟아졌다. 나는 볕 좋은 날 아스팔트 위에서 죽어가는 금붕어처럼 힘겹게 아가미를 여닫았다. 하늘에 달이 희미하게 보였다. 할머니가 좋아하던 초승달이었다. 할머니는 차오른 달이나 기우는 달보다 초하루나 초사흘처럼 뭔가를 시작할 수 있는 달을 좋아했다.

"내 밭에서 뭔 짓거리야?"

노파였다. 남자는 발로 내 옆구리를 한 번 더 걷어차더니 침을 칵, 뱉고는 어둠 속으로 사라졌다.

"다 큰 것들이 잘한다. 쯧쯧."

노파가 밭고랑에 앉더니 담배에 불을 붙였다.

"쌈질하더라도 살아만 있다면……."

혼잣말을 하며 허공에 담배 연기를 뿜었다. 노파도 우리 할머니처럼 마음대로 죽을 수 없는 이유가 있어 보였다. 어둠 속에 옹그려 앉았던 노파가 끙, 소릴 내며 일어섰다. 피사의 사탑을 보는 듯했다.

내 속의 타인

내 속의 타인

새언니의 전화를 받은 건 이른 새벽이었다. 병원에 도착했을 때 너는 응급실이었다. 사돈어른이 경찰과 이야기를 나누고 있었다. 뒤풀이 장소가 공연장과 10분 거리에 있었고 각자 헤어진 게 새벽 두 시 전후라는 진술이 이어졌다. 모두 만취 상태라 너를 제대로 기억하는 사람은 없었다. 새언니는 병원 복도 한쪽 벽에 힘없이 기대서 있었다.

"우리 채움이 불쌍해서 어떡해."

그녀가 내 옷자락을 잡고 큰소리로 울기 시작했다.

네 이름은 오채움. 20대 중반이다. 중환자실에 있고 사돈어른도 새언니도 알아보지 못한다. 가족 중 누구도 식물인간이란 표현을 쓰지 않지만, 하루에도 여러 번 응급상황이 생겼고 그때마다 가족들은 마지막이란 단어를 불길하게 떠올렸다. 너와 나는 동갑이지만 네가 3일 먼저 태어났다. 3일 늦어도 내가 고몬데 너는 고모라고 부르지 않았다. 너를 낳을 당시 새언니는 20대였고 엄마는 40대였다. 한집에 임산부가 두 사람이지만 다행스럽게 새언니는 서울 친정에 있었다. 엄마는 며느리와 같은 지붕 아래 살지 않은 걸 다행으로 여겼고 이 모든 걸 밤마다 집적거린 아버지 탓으로 돌렸다. 정리하면 너는 축복으로 태어난 첫 손녀지만 나는 아버지가 집적거려 견디지 못한 엄마가, 보시하는 셈 치고 한번 대 준 게 수정이 되었고 예정에 없던 늦둥이가 된 것이다.

차이는 출산 당시에도 있었다. 진통이 시작되자 네 외할아버지는 지인이 운영하는 병원에 곧바로 새언니를 입원시켰다. 반면 나는 정기검진의 필요성을 느끼지 못한 엄마가 예정일을 잘못 계산해서 밭에서 감자를 캐다가 낳았다. 태어나자마자 너는 서울 외가에서 젖병을 빨았다. 새언니는 출산 전부터 분유를 먹일 계획이었고 필요한 출산용품은 빠짐없이 사다 놓았다. 젖병 소독이며 목욕, 잠재우는 것 모두 베이비시터의 손을 빌렸다. 네 외할아버지는 일찍이 엄마를 여읜 새언니를 끔찍이 여겨 딸을 위해서라면 뭐든 할 수 있는 사람이었다. 새언니가 약을 먹고 젖을 삭혔다는 말을 들은 엄마는 언짢은 마음을 감추지 않았다. 오빠에게 전화를 걸어 애는 엄마 젖을 먹어야 잔병 없이 잘 큰다는 하나 마나 한 잔소리를 쏟아냈다.

네가 시골집에 온 건 백일이 지나서다. 너와 나는 울면서 첫 대면을 했다. 둘을 놓고 친척과 이웃 어른들이 빙 둘러앉았다.

"야가 채움이가? 아이고. 서울아라서 그렁가 하얗고 포동포동 하니 참하게도 생겼다."

들여다본 어른들마다 한마디씩 했다.

"비움이는 와 이래 까맣노? 삐쩍 말라서 얼라가 어째 귀염성이 없노."

그들은 농담으로 던졌을지 모를 말이 그 어떤 에너지로 작용 하였는지 너와 나는 발육 상태에 커다란 차이를 보였다.

내가 감자밭에서 태어났다는 걸 알게 된 너는 언젠가부터 나를 고모도 비움이도 아닌 '감자'라고 불렀다. 싫어하는 줄 알면서 일부러 더 불렀다. 그 일로 크게 다툰 적이 있었다.

"그게 왜 부끄러워? 감자든 비움이든 넌 너잖아."

도리어 타인의 시선에 민감한 나를 타박했다. 나쁜 기집애.

사돈어른은 연명치료를 하지 않겠다는 서류에 사인했다. 그게 고통을 더는 선택이란 말에 새언니는 울었다.

"저러다 기적처럼 의식이 돌아올 수도 있잖아요."

내 말에 사돈어른은 그런 기적은 영화에서나 있다며 말을 잘 랐다. 깨어나도 이용가치가 없으니 명예까지는 아니더라도 세상 이 아쉬워할 때 떠나주는 게 본인이나 가문을 위해 좋다고 생각하는 듯했다.

"치료를 중단하면 죽잖아요. 오늘 밤이거나 내일 새벽이 될 수도 있어요. 누운 모습조차도 다시 볼 수 없다고요."

"감히 어디서? 뭘 안다고 참견이야!"

사돈어른이 목소리를 높였다. 인상이 험악했다. 새언니는 부끄러움도 잊고 큰소리로 울었다.

"속 시끄러우니까 다들 나가 있어!"

말이 안 통하는, 벽이 거기 있었다.

네 사고가 있기 전 나는 너를 너답게 살게 하라는 메시지를, 네가 정비공인 존과 유흥을 즐기는 사진과 함께 사돈어른한테 보냈다. 사슬에서 풀어주고 싶어서였다. 네가 한 짓을 용서해서가 아니라 고작 사진 한두 장에 벌벌 떠는 게 보기 싫었기 때문이었다.

나는 너를 본다. 네 귓불에 뚫린 무수한 구멍들. 반짝이는 보석을 빼낸 자리는 생존을 위해 뚫은 구멍과는 확실히 달랐다. 너도 알까. 느꼈을까.

네가 처음으로 귓불을 뚫은 날은 중학교 3학년 때였다. 내가 반에서 1등 해서 선생님께 칭찬을 받은 날이었다. 너와 나를 앞혀두고 성적표를 살펴보던 사돈어른의 표정이 갑자기 어두워졌다. 잠깐의 침묵 끝에 사돈어른의 훈육과 꾸지람이 시작되었다.

"공부 못 하면 발레리나로 성공하는 것도 힘들다. 사돈처녀 반만 되라."

서슬 퍼런 호통에 나는 침만 꼴깍꼴깍 삼키고 있었고 너는 무릎을 꿇고 앉아 곁눈질로 나를 흘겨보며 입모양으로 재수 없다고 했다.

훈육이 끝나자 너는 내 팔을 잡아끌었다. 영문도 모른 채 도심 거리를 끌려다니다가 도착한 곳은 귀를 뚫어주는 상점이었다.

"안 돼. 사돈어른한테 혼날 거야."

"공부 좀 잘한다고 할아버지가 치켜세워주니까 주제 파악이 안 돼?"

너는 따귀라도 한 대 칠 듯이 노려보았다.

잠깐 사이에 네 귀에는 구멍이 뚫렸고 앙증맞은 보석이 박혔다.

"너도 해."

"싫어."

"병신. 겁은 많아서! 나 혼자 혼날 순 없잖아."

너는 싫다는 내게 기어코 구멍을 냈다.

불현듯 그날이 생각났다. 내가 처음 서울에 왔을 때, 사돈어른은 기관장들 심포지엄인가 뭔가로 제주도에 있었고 새언니는 필리핀에 골프 치러 가고 없던 날. 너는 친구들을 집으로 초대했다. 밤새 노래 부르고 춤추고 배달된 음식을 먹으며 술 파티가 벌

어졌다. 방에서 나오지 않으려는 나를 너는 강제로 그 애들 앞에
세웠고 술을 마시게 하고 노래를 시켰다. 얜 아직 남자랑 한 번도
안 잤어. 네 말에 남자애들은 풀린 눈으로 히죽대더니 손으로 가
슴을 만지고 뒤에서 안으려 들었다. 나는 그들을 밀쳐내고는 복
층 계단으로 뛰었지만 뒤쫓아온 남학생한테 붙잡혔다. 한 애가
팔을 잡고 다른 애가 다리를 잡고, 너는 거실 소파에 널브러져 이
쪽을 보며 웃었다. 축배를 들듯 잔을 들어 올리면서.

　상점을 나온 너는 어딘가에 전화했다. 곧이어 키가 크고 잘생
긴 남학생이 왔다. 함께 코인 노래방에 들어갔다. 너와 남학생은
뱀처럼 서로의 몸을 휘감은 채 악에 받친 듯 노래를 불렀다. 한참
을 투명인간 취급하며 놀더니 숨을 헐떡이며 마이크를 건넸다.
　"이젠 네가 우릴 즐겁게 해 줘."
　저 촌뜨긴 누군데? 남학생이 턱으로 가리켰다.
　"우리 집에 얹혀사는 애. 이름은 감자고."
　"감자?"
　"우리 아빠 동생이었는데, 지금은 고아야."
　"그런데 왜 감자야?"
　"감자밭에서 태어났거든."
　와, 씨. 리얼. 남학생이 웃음을 터뜨렸다. 나는 못 들은 척 마
이크를 잡았다. 네가 남학생 무릎에 올라앉는 게 보였다. 남학생

78

손이 네 엉덩이를 만졌다.

"그만해!"

노래를 멈추고 두 사람 앞에 섰다. 아, 씨 좃나 무섭다. 남학생이 킥킥댔다.

"가자. 사돈어른한테 혼나겠어. 새언니도 기다릴 테고."

"아, 씨발. 네가 뭔데 지랄이야? 할아버지한테는 네가 잘 말해주면 되고, 우리 엄만 바빠서 나 신경도 안 써. 아마도 어디서 귀 뚫고 있을걸."

너는 낄낄대며 실제보다 더 삐뚤어진 듯 행동했다.

고등학교 진학 후에도 어긋나게 행동하는 너를 사돈어른은 보스턴으로 유학 보냈다. 가기 전까지 너는 계속 귀를 뚫었다. 남자친구를 바꿀 때마다 새로운 구멍이 생기는 것 같았다. 귓바퀴, 스너그, 트라거스, 헬릭스, 룩, 데이스, 이너컨츠…… 촘촘히 박힌 보석들. 네 귀는 마치 움직이는 귀금속 상자 같았다.

"발레리나로 꼭 성공해라. 그러기 전에는 돌아올 생각 마라."

사돈어른의 말에 네 얼굴이 일그러졌다. 와인 파티장이라도 갈 듯 차려입은 새언니는 너를 잠시 껴안았고 눈가를 찍어 눌렀지만, 마스카라가 번질 걸 우려해선지 빠르게 감정을 추스르는 듯했다. 두 사람한테 인사를 건넨 너는 출국 심사대로 걸어가며 분명 탈출인데 목줄이 탱탱해서 숨이 막힌다고 했다.

보스턴에 도착한 너는 메신저로 근황을 자주 알려왔다. 주로 남자 이야기였고, 연습의 고통과 다이어트에 대한 스트레스를 욕설을 섞어가며 보내왔다. 일방적인 데다 알고 싶지 않은 내용이라 일일이 답장하지 않았다. 그러면 너는 곧바로 전화해서 얹혀 사는 주제에 메신저를 씹는다고, 누구 덕에 편안하게 생활하는지 잊었느냐며 독설을 퍼부었다. 생각해 보니 그랬다. 오빠는 죽었으므로 새언니와의 인연도 끝이 났다. 불편한 동거지만 그나마 네가 있을 때가 좋았다. 네 감정 쓰레기통을 하고 있을 때는 몸과 마음이 고달픈 대신 존재감이란 게 있었다.

너는 국내에 있을 때보다 감정 기복이 더 심했다. 낯선 환경과 치열한 경쟁에서 살아남기 위한 필살기인지 체중 감량에 대한 스트레스 때문인지 알 수 없었다. 서울에 있을 때는 네가 감량에 들어가면 나도 굶었다. 어느 하루 밤늦은 시간까지 공부하다가 배고픔을 참을 수 없어 몰래 바나나를 먹다가 너한테 걸렸다. 차갑게 노려보고 섰던 너는 시커멓게 갈변해 진물이 나는 바나나를 내 입에 물리며 공부만 하는 돼지 같은 년이라고 했다. 그 시절에 비하면 보스턴에 있는 네가 부리는 발작적 히스테리쯤은 충분히 감내할 만했다.

대학생이 되면서 나는 네 외할아버지 집에서 나왔다. 학교 근처에 방을 얻었다. 겨우 다리를 뻗고 잘 공간이지만 마음만큼은 한없이 편했다. 새언니는 패션쇼며, 와인바, 해외로 골프를 치러

다니느라 바빴다. 남자도 생긴 것 같았다. 아기씨. 채움이는 잘 지낸대? 딸의 근황을 내게 물었다.

중환자실에 들어온 지 3주가 지나면서부터 네 종아리에는 갈변현상이 일어났다. 이게 뭐냐고 물으니 간호사는 모니터에서 눈을 떼지 않은 채 혈전이라고 했다. 아름다운 네 몸엔 여러 개의 구멍이 뚫렸고 콧줄로 영양을 공급받았다. 너의 시간은 어떤 재난이 일어나기 직전의 불길한 예감처럼 째깍째깍 엄마와 새언니가 각자 부른 배를 안고 마주 섰던 날처럼 어색하게 흘렀다.

이제 너는 단지 흥밋거리로만 존재한다. 너의 마지막을 누가 터뜨릴지, 기자들은 그 한 방을 놓치지 않기 위해 경쟁하듯 병원을 드나들고 의사는 생명 연장을 기계적으로 시행했다. 나는 네 종아리에 핀 꽃이 가지를 뻗어가는 걸 스마트폰으로 찍었다. 짙은 보랏빛이 생장하여 허벅지와 골반을 타고 올라 날씬한 허리를 휘감고 가슴에서 만발할 날을 기다리며 위에서, 옆에서, 자리를 옮겨가며, 네가 그랬던 것처럼. 그만, 그만하라고! 거부권 행사는 아무 효력이 없었다. 밟아서 꿈틀대는 애벌레를 꼬챙이로 쿡쿡 찌르며 즐거워하는 꼬맹이처럼 너는 우스꽝스러운 내 사진을 인스타그램에 올렸다. '코끼리 다리를 한 감자'라는 제목으로. 팔로워들이 열광하며 '좋아요'를 눌렀다. 발레하는 너보다 맛집을 순례하며 찍어 올린 사진들보다 못생긴 내 다리가 더 인기가 좋았다.

너는 가끔 의식이 돌아온 듯 미간을 찌푸렸다. 그때마다 호스와 연결된 몸을 뒤틀었다. 의사는 무의미한 신체적 반응이라고 했다. 네 눈꺼풀이 열릴 때마다 나는 재빨리 찍어 둔 사진을 들이밀었다. 무엇을 보고 있는지, 볼 수는 있는지는 중요하지 않았다. 보여주어야만 했고, 그게 너여야만 했다.

"걱정마. 채움아. 인스타그램엔 안 올릴게. 대신 외면하지 말고 끝까지 봐. 네 아름다움이 어떻게 사라져가는지 놓치지 말고."

이 몸으로 형욱이를 유혹하던 걸 생각하면 아직도 피가 거꾸로 솟는 것 같아 네 눈꺼풀 위에 올린 손에 힘이 들어갔다. 동공의 움직임이 손바닥에 느껴졌다. 조금 더 힘을 주었다가 천천히 뗐다. 경동맥을 누르고 있었던 것도 아닌데 네 목에서 컥컥 소리가 났다. 무슨 말이 하고 싶은 걸까.

네 귀국 날짜가 잡히면서 잡지사 일을 제대로 할 수 없었다. 호텔 예약부터 공연과 관련된 잡다한 일정조차도 모두 내 손을 거쳤다. 그만한 일은 얼마든지 해줄 수 있었지만 함께 생활하는 건 싫었다. 잡지사와 거리가 멀었고, 기사 작성과 취재를 하려면 자유가 필요한데, 너는 나를 비서처럼 곁에 두려 했다.

"감자야. 내가 서울서 영원히 사니? 길어야 2개월인데 그게 힘들다고? 그깟 호텔 예약은 내가 해도 되고 네 말처럼 평창동 들어가도 돼. 넓은 집 두고 왜 호텔서 묵느냐고? 너도 알잖아. 우리 외할아버지 간섭 심한 거. 옷 입는 것부터 귀가 시간까지 일일이 확인하잖아. 넌 내가 숨 막혀 죽길 바라니? 눈치챘는지 모르겠지만 귀국 초청 무대도 다 할아버지 작품이야. 그걸 성공적으로 끝내지 못하면 지원을 일절 끊겠대. 암튼 난 집에 안 들어가. 그러니 나와 함께 있어 줘. 그래야만 할아버지가 믿거든.”

일을 핑계로 신혼집을 처가 근처에 얻은 오빠는 네가 태어나자 바로 처가살이에 들어갔다. 사돈어른의 바람이었고 어차피 재산과 그 집을 물려받을 사람은 무남독녀인 새언니뿐이었다. 소식을 들은 엄마는 아들을 빼앗긴 노함과 서운함을 온몸으로 드러냈지만, 자주 사업을 접고 벌이며 속 썩이던 오빠에게 본가보다는 처가라는 울타리가 더 현실성이 있다는 결론을 내려서 인지 겉과 속이 다른 태도를 보였다.

“저 손으로 밥이나 제대로 할까 싶더라.”

처음 인사 온 날 엄마는 새언니를 그렇게 평가했다. 상황은 저쪽도 마찬가지였다. 눈에 띄는 외모에 금지옥엽 사랑으로 키운 새언니를 네 외할아버지는 최고의 신랑감을 골라 함께 유학을 보낼 계획이었다. 물망에 오른 젊은이를 대상으로 집안과 학벌, 장래성과 인성을 두루 살피고 있는데 느닷없이 오빠를 데려와 인사를 시키자 사돈어른이 폭발했다는 이야기는 하도 많이 들어서 매일 부는 바람만큼이나 별 의미가 없었다. 당시 정계 고위층이던 사돈어른은 내세울 것이라곤 잘생긴 얼굴밖에 없는 오빠에게 새언니를 줄 수 없다는 판단을 내렸고 둘을 갈라놓기 위해 새언니를 감금해버렸다. 그러자 새언니는 극단적 선택을 시도했고 그때 생긴 흉터는 왼쪽 팔목에 사슬 모양으로 남았다.

엄마는 귀한 아들이 차이 나는 집안에 사위로 들어가 기죽어 눈칫밥 먹는 게 아닐까 노심초사했지만, 우려와 달리 새언니는 호텔 요리사 출신인 가사도우미를 고용해 엄마가 해 준 밥을 먹을 때보다 살이 더 올랐다. 얼굴이 뽀얗고 귀티가 나기 시작한 아들을 본 엄마는 며느리를 떠받들고 산다는 주변의 빈정거림에 괘념치 않았다. 오히려 모임이 있는 날 그들이 갖지 못한 반지와 목걸이를 두르고 걸치고 끼고 나가서 시기와 부러움을 샀다. 새언니가 설거지라도 거들라치면 네 손은 세수할 때만 쓰라며 등을 떠밀었지만, 기제사 때 혼자 전 부치고 떡 찌고 나물 볶고 콩나물 다듬다 이 팔자가 좋은 건지 나쁜 건지 모르겠다며 한숨을 뱉어 냈다.

귀국 전 너는 게이트 앞에서 탑승을 기다리며 내게 전화했다.

"들어가면 형욱이와 식사 자리 한번 마련해."

내 남자친구를 멋대로 만나자는 게 거슬렸다.

공항에는 사돈어른과 새언니, 여러 방송 매체에서 나온 기자들이 취재 경쟁을 벌였다. 문화 예술계는 발레리나의 귀국 소식을 앞다투어 전했다. 네 낯빛은 유학을 떠날 때 보여준 앳된 모습이 아니었다. 훨씬 세련되고 사람들을 대하는 태도에 여유가 있어 보였다. 보스턴 발레단에 입단한 너는 이번 공연의 성공 여부에 따라 수석 발레리나가 될 수도 있었다. 그렇게 되면 네 외할아버지가 그린 그림과 맞아떨어졌다. 새언니에게 걸었던 기대가 고스란히 너에게 옮겨간 걸 너도 모르지 않았다.

사돈어른은 모든 인맥을 동원하여 너의 귀국 소식과 초청공연을 대대적으로 홍보했다. 종이신문과 잡지, 채널마다 미모의 발레리나란 타이틀과 함께 네 얼굴이 나왔다. 다소 과한 환대가 부담이라면서도 너는 그 상황을 즐겼다. 어려서부터 주인공으로 살아온 게 몸에 배서 자연스러워 보였다.

네가 온 뒤 예상대로 출퇴근에 많은 시간이 걸렸다. 시청에서 논현동까지 오가며 보조했다. 호텔과 마사지실, 공연 관계자 미팅은 물론 인터뷰 장소에 동행했고 필요하면 사진도 찍어주었다. 연습실에 픽업해 주고서야 가까운 카페에 앉아 기사를 썼다. 진정성이 배제된 글, 팩트는 늘 가면 뒤에 있었다. 뱃속에서부터 부르주아였던 너는 팔다리가 길쭉했다. 도회적인 외모에 깍쟁이처럼 생겼지만, 타인을 배려하고 상처 입은 길고양이를 치료하며 울 만큼 따뜻한 심성을 지녔다. '사실 깨진 유리병에 뱃가죽이 찔려 피를 흘리는 고양이를 걷어찼고 내 굵은 다리를 인스타그램에 올려 조롱하는가 하면 남성 편력이 있는…….' 여기까지 쓰다가 잠시 글쓰기를 멈추었다. 너와의 관계, 나쁜 꿈의 재료가 녹아서 그 성분이 모호해지기까지 오랜 시간이 흘렀다.

"좋아. 한 편의 소설이네. 인간은 참 이상하지. 뻔한 결말인데도 영웅이니, 권선징악 스토리에 감동하는 걸 보면. 기사나 르포도 결국 사람 이야기잖아. 그거 알지. 펜의 힘이 강하다는 거. 근데 말이야. 펜이 정직하다고 말하는 사람은 없었어. 일리 있지?"

원고를 읽은 편집장은 정직하지 않은 것 때문에 우린 또 진실을 요구하는 기사를 쓴다고 했다.

"오 기자. 연락처 줄 테니 관계 심리학자 인터뷰 좀 해 줘."

편집장의 목소리는 늘 한 옥타브 높았다. 사십 대 후반인 편집장은 최근 생리가 불규칙해서 산부인과를 찾았다. 결혼 생각은 접었지만 근사한 남자 만나 찐한 연애를 한 번은 더할 거란 포부가 있었다. 그런 편집장에게 의사는 곧 폐경이 될 거라고 한 모양이었다. 충격을 받은 편집장은 인터넷을 샅샅이 뒤져 완경 학회 회원이자 내분비계 권위자를 찾아내 진료 예약을 하더니 어느새 주치의와 연인이 되어 있었다. 연애를 시작하자 짜증과 닦달이 줄어 일하기는 편했다.

"법의학자 인터뷰는 미뤄졌나요?"

내 말에 편집장은 '애증 관계를 다뤄 달라는 독자 요청이 많아서'라고 했다. 그러더니 연애는 달콤하지만 쓰다. 쓴맛을 감당하는 자만이 사랑할 자격이 있다며 흐흐 웃었다. 연애할 때마다 유독 심리학에 관심을 보여온 그녀였다. 완경 학회 회원이자 내분비계 전문가인 산부인과 주치의와 연애가 어떤지 물어보지 않았다. 가만있어도 댐 수위가 차면 방류하듯 스스로 입을 열기 때문이었다.

사돈어른은 네 SNS에 엉뚱한 게 올라오지 않는지 계속 지켜보라고 했다. 과하게 단속하는 데는 이유가 있었다. 내한공연을 기획하고 호두까기 인형의 주인공에 발탁한 것도 사돈어른의 개입이 있었다. 그 일을 기회로 너를 좋은 가문과 짝지어주려는 계획이었다. 사돈어른은 냉철하고 강압적인 성격이지만 자기 사람은 잘 챙겨서 충성도 높은 아랫사람이 많았다. 반면에 수가 틀리면 가차 없이 잘라버릴 만큼 냉혹했다. 때때로 사돈어른을 공중파 방송에서 보았다. 정계 중심에서 물러났지만, 그의 한마디는 여론과 정계에 여전히 엄청난 파급력이 있었다. 막강한 힘을 가진 사돈어른 눈에 오빠는 탐탁지 않은 인물이었지만 자기 딸이 워낙 사랑하니 받아들였다. 대신 중국에 IT 사업장을 지어 오빠를 내보냈다. 현장 경험과 실무 능력을 쌓아 CEO로 길러낼 목적이었다. 장인의 설계하에 권력과 물질의 맛을 알아가던 오빠는 너와 내가 중학교 입학을 앞둔 겨울밤 늦은 시간에 바이어를 접대하고 숙소로 돌아가다 교통사고로 죽었다. 현장에서 심정지가 와서 손써볼 틈이 없었다는 말을 들은 엄마는 그대로 쓰러졌고 한 달여간을 병석에 있다가 유언 한마디 없이 오빠를 따라갔다.

엄마 장례식이 끝나자 새언니는 시골집에 나를 내려준 뒤 말했다.

"아기씨. 이제 어쩔 거야. 보육원을 알아봐 줄까. 아니면 가서 지낼 만한 친척은 있어?"

새언니의 말에 나는 입을 다물고 발끝으로 바닥을 탁탁 쳤다. 그런 나를 네가 차 안에서 지켜보고 있었다.

"알아서 할게요."

낭떠러지 끝에 선 기분이지만 너한테는 약한 모습을 보이고 싶지 않았다.

"아기씨. 잠깐만."

새언니가 다가왔고, 봉투 하나를 손에 쥐여주었다. 차가 모퉁이를 돌기 전 네가 고개를 빼서 이쪽을 바라보는 게 보였다.

새언니가 시골집을 다시 찾은 건 한 달이 조금 지나서였다.

"채움이가 좀 까다롭긴 하지만 아기씨를 좋아해. 둘이 잘 지내."

그때까지 어떤 선택도 하지 않고 있던 나는 낯선 보육원이나 친척 집보다는 네가 있는 곳이 이질감이 덜 할 것 같아서 군말 없이 짐을 챙겼다. 열심히 공부했고 몸가짐을 바르게 했다. 그런 나를 사돈어른이 잘 보았다. 어떻게 행동해야만 살아남을지를 본능적으로 학습했기 때문이었고 살아남기 위한 필살기였다.

새언니는 오빠 없는 세상에 금방 적응하는 것 같았다. 결혼을 반대한다고 자해 소동을 한 게 다 쇼였는지 장례식장에서 크게 울지도 않았다. 사랑이 환경이나 시간의 흐름에 희석되고 변형과 퇴색을 거듭하는 물질 같아서 실망스러웠다. 사랑에 의문부호가 생길 때마다 형욱이도 같은 부류일지 모른다는 생각이 들었다. 그에게 가끔 사랑을 확인받고 싶을 때가 있었다. 서로의 몸을 만지고 냄새를 맡는 순간에만 발생하는 기묘한 기류, 상대의 몸을 통해 얻는 기쁨은 짧았다. 모양도 형체도 없는 것을 증명해 달라고 떼쓰는 것도 유치하지만 새언니와 너를 보면서 사랑이란 감정이 휘발성이 강하다는 걸 알았다. 그런데도 허상의 노예가 되어 그가 레지던트로 있는 병원을 찾아가곤 했다. 병원 계단참에서 그와 기습적으로 키스하고 서로의 몸을 만지며 평생 떨어지지 않겠다는 듯 끌어안았다. 그의 하얀 가운에 립스틱 자국을 남기고 돌아올 때는 충만함보다는 허전함이 컸다. 전공의 시험 때까지만 참고 기다려 달라는 그의 말도 위안이 되지 않았다. 그때마다 네가 한 말이 생각났다.

"형욱이가 너 같은 애를 왜 만나겠니? 그냥 갖고 노는 거야. 나중에 걸레처럼 버려질걸."

허기가 지면 너는 네모지게 썰어서 얼린 키위를 입안에 넣고 천천히 녹여 먹었다. 공연 날짜가 임박해서 체중 조절에 더 신경을 썼다. 사돈어른은 막판까지 네 남자관계를 단속했다. 연애할 시간이 없다고 말하지만, 타국에서의 외로움과 치열한 경쟁에 지칠 때면 남자를 바꿔 가며 만났고 귀국 전에는 정비공인 존과 쉐보레 콜벳을 몰고 다니며 유흥을 즐기는 사진을 내게 보내왔다.

"그 사람만큼 내 차를 세심하게 정비해 준 사람은 없었어. 이상하지. 존이 자동차 밑으로 기어들어가 차를 정비할 때면 섹스가 하고 싶어. 손톱 밑에 기름때가 까맣게 박인 손을 보면 흥분돼."

못 먹어서 미친 게 확실했다.

"돌아가면 존과 결혼할 거야. 걘 내게 뭐든 먹으라고 하거든. 먹어. 더 먹어! 너도 알지. 이전의 내 남자친구들? 내놓으라는 셀럽의 아들들인 거. 하나같이 머저리들이야. 그런데 존은 달라. 발레 하지 말고. 실컷 먹고 원하는 삶을 살래."

단식에 대한 한이 얼마나 깊으면 저럴까 싶었다. 왠지 측은하게 여겨져 네 혀를 다독여 줄 오븐 피자를 만들어 주고 싶어졌다.

"감자야. 네 남자친구 섹스는 잘해?"

느닷없이, 앞니로 검지를 잘근잘근 씹으며 호기심 가득한 얼굴로 물었다. 대답할 가치조차 없는 질문이었다.

"넌 모르지? 섹스가 칼로리 소비에 최곤 거. 난 항상 2층이야.

남자를 신나게 깔아뭉개고 나면 몸이 가벼워져. 매운 닭발을 먹은 죄책감도 사라지고."

이마에 흘러내린 머리카락을 쓸어 올리는 네 손등의 정맥이 파르스름했다. 귀고리가 반짝거렸다. 양쪽 합쳐 열두 개의 구멍이 뚫린 귀는 화려했다. 손가락을 입안에 집어넣고 먹은 걸 토해내는 것만큼이나 현명한 방법은 아닌 것 같았다.

공연 이틀 전 네 긴장은 극에 달한 듯 보였다. 실수는 절대 안 된다는 사돈어른의 기대치에 부응하기 위해 필사적이었지만, 그럴수록 긴장의 수위는 높은 듯했다. 연습이 끝나고 호텔로 돌아오는 길에 너는 백화점에 들르자고 했다. 보석함에 귀고리가 차고 넘치는데 또 귀고리를 샀다. 너는 걸으며 바나나 스무디, 앤쵸비, 올리브 토마토 샐러드, 스크램블에그…… 계속 중얼거렸다. 머릿속에 온통 먹을 게 떠다니는 모양이었다.

"감자야. 형욱이 객실로 오라고 해."

그와 호텔 일식집에서 만나기로 했는데 그새 마음이 바뀐 모양이었다. 제멋대로인 너 때문에 형욱에게 미안했다.

룸서비스로 와인과 스테이크, 간단한 안주가 왔다. 너는 마치 애인을 마중하듯 몸의 실루엣이 돋보이는 원피스를 입고 긴 머리를 틀어 올려 핀으로 고정했다. 가늘고 긴 목선이 매혹적이었다. 세팅된 테이블에 셋이 마주 보며 앉았다. 넌 그가 있는 쪽으로 상체를 기울인 뒤 테이블 위에 팔꿈치를 대고 턱을 괸 채 말했다.

"힘만 들고 돈도 안 되는 외과가 좋아요? 그러지 말고 성형외과나, 피부과 지원해요."

치고 들어오는 말에 형욱은 잠시 당황한 듯했으나, 이내 표정 관리에 들어가는 게 보였다.

"의사는 돈보다는 환자의 생명을 더 가치있게……."

"마음에 없는 말 하지 말고…… 난 솔직한 남자가 좋더라."

"그런 말, 실례잖아."

내가 끼어들자 너는 픽, 웃었다.

"우리 할아버지한테 말하면 강남에 성형외과 차려줄 수 있는데…… 건물도 있거든."

형욱의 표정이 굳어졌다.

"아. 쏘리, 쏘리."

너는 농담이라며 깔깔댔고 이어서 공연에 초대했다.

"비움이랑 같이 가겠습니다."

그러자 너는 와인 잔을 들어 천천히 입으로 가져가며 말했다.

"VIP 좌석 비워 두라고 할게요. 할아버지한테."

그때 편집장에게서 전화가 왔다. 대담자와 인터뷰할 장소로 가던 인턴 기자가 접촉사고가 난 모양이었다. 시간은 촉박한데 대타로 갈 사람이 없다며 아쉬운 소리를 해댔다. 호텔과 오 분 거리에 있는 커피숍이라는데 모른 척할 수 없었다. 형욱이 함께 가겠다며 일어섰다. 그러자 네가 그의 팔을 잡았다.

"초대해 놓고 밥도 안 먹고 보내는 건 손님에 대한 예의가 아니죠. 감자야. 여긴 걱정 말고 다녀와. 손님은 내가 잘 대접하고 있을게."

너는 그의 어깨를 눌러 의자에 도로 앉혔다. 신경은 쓰였지만 다른 방법이 없었다.

"고모 손님인데 조카가 소홀히 하겠어?"

네 입으로 고모라고 한 게 처음이었다.

취재를 끝내고 호텔로 돌아왔을 때 형욱은 가고 없었다. 너는 홍조 띤 얼굴로 헤실헤실 웃으며 소파에 슬립만 입고 누워서 넷플릭스 드라마를 시청하고 있었다.

"감자야. 저 여자애, 말하는 거 좀 봐. 정복하기 어려운 남자를 먹을 때 기분이 째진대."

화면엔 수영복 차림의 남녀 여러 쌍이 무인도에서 서로의 짝을 경쟁적으로 찾고 있었다.

공연 날, 좌석은 매진이었다. 형욱은 끝내 공연장에 나타나지 않았다. 미안하다는 말과 함께 전공의 시험 끝날 때까지 잠시 시간을 갖자는 문자를 보내왔다. 설마 했는데 내가 짐작한 일이 실제로 일어난 게 분명했다. 나쁜 계집애. 아무리 제왕적 권위를 누리더라도 인간에게는 도덕적 마지노선이라는 게 있는 거야.

리허설로 바쁜 네가 대기실 구석으로 나를 불렀다.

"보낸 이를 알 수 없는 사람이 사진을 보내왔어."

사진은 네가 보스턴 구시가지에서 존과 껴안고 키스하는 장면이었다. 존과의 관계를 폭로하겠다는 협박성 문자도 보여주었다.

"할아버지가 알면 끝장이야. 그가 얼마나 냉혹한 사람인지 넌 몰라. 할아버진 나보다 체면을 중요하게 생각해. 아낌없이 후원한 건 외손녀라서가 아니야. 그에겐 아직 내려놓지 못한 권력욕이 있어. 나를 이용해서 다시 기회를 잡고 싶은 거야. 그런 사람이 내가 존이랑 놀아난 걸 알아봐. 당장 죽이려 들 거야."

너는 겁에 잔뜩 질려 있었다.

공연장 객석에서 네 외할아버지 일행과 새언니에게 인사했다. 나는 동행인을 핑계로 R석에 앉았다. 편집장은 이럴 때 VIP석에 앉아보는 건데, 하면서 아쉬워했다. 쉰이 가까운 나이에도 철이 없다는 생각이 들었다.

공연은 실망이었다. 너는 계속 실수를 했고 실수를 무마하려다 더 큰 실수를 해서 파트너인 발레리노를 난처하게 만들었다. 앉은 위치가 다르고 어두워서 네 외할아버지의 표정은 볼 수 없었지만, 아마도 객석을 튀쳐나가고 싶었을 것이다. 공연이 끝난 뒤, 사돈어른과 새언니가 굳은 얼굴로 로비를 가로질러 주차장으로 가는 게 보였다. 협박 문자로 공연을 망친 데다 사생활 폭로에 대한 두려움에 안절부절못하는 네 얼굴은 방금 압박붕대를 푼 듯

핏기가 없었다.

"막아보겠다더니, 하긴 네 따위가 뭘 하겠어. 믿은 내가 바보지."

너는 운전해 주려는 나를 밀친 뒤 자동차에 올라타고는 뒤풀이 장소로 차를 몰았다.

호텔에 도착한 나는 편집장의 전화를 받았고 편집 방향에 관한 이야기를 나누다가 약간의 의견 차이로 통화가 길어졌다. 새벽 3시가 지나고 있었다.

네게 전화했다. 지루한 신호음 끝에 연결이 되었다.

"괜찮니?"

"뭐가?"

"많이 취한 것 같은데……."

"……."

침묵해서, 대화하기 곤란한 장소인가 싶어서 전화를 끊으려는데 네 목소리가 들렸다.

"그놈이 할아버지와 언론에 까발리면 끝장이야."

발음이 꼬였고 딸꾹질 소리가 들렸다.

"너도 두려운 게 있구나."

"아, 씨, 무슨 개소리야?"

잠깐 잠들었는데 전화벨 소리에 눈을 떴다. 잠수교 난간을 들이받은 자동차는 보닛이 종잇장처럼 구겨져 형상을 알아보기 힘들었고 엔진이 운전석을 파고들었다. 의식이 없는 너를 신고한 사람은 근처를 지나던 택시 기사였다. 즉시 병원으로 옮겼지만, 의료진은 언제 사망 선고를 내려도 이상하지 않은 상태라고 했다. 언론매체는 앞날이 창창한 젊고 아름다운 발레리나가 어이없는 사고로 사경을 헤매고 있다는 속보를 감성적이고 자극적인 제목과 함께 경쟁적으로 내보냈다. 발 빠른 유튜브는 네 발자취를 흥미와 재미를 곁들여 마치 추모하는 듯한 영상으로 조회 수를 늘렸다. 사고만 아니었으면 비난받았을 공연이었지만 비보가 전해지면서 천재 발레리나의 비운으로 미화하여 추앙하는 분위기였다.

네가 걱정하던 존과의 밀회 사진은 유포되지 않았다. 편집장은 네 27년을 특집으로 싣자고 했다.

"채움이가 죽기라도 했나요?"

말은 그렇게 했지만, 나는 너의 불행을 파파라치처럼 따라다니며 감시하고 관찰하며 기록했다.

"오비움 씬 말이야. 생각이 좀 삐딱해. 본인은 그거 모르지?"

잡지로 부채질을 하며 편집장이 말했다. 갱년기를 혹독하게 지나고 있는 그녀는 별난 성격이긴 하지만 창간 10년 만에 쫄깃하고 풍성한 읽을거리와 대담하고 획기적인 사진으로 고정 독자를 확보했다. 지인이나 가까운 사람을 협박해서 구독자로 만든 전략도 그녀니까 통했다. 완경 학회 회원이자 산부인과 전문의는 생각보다 전희에 공을 덜 들여 만남을 이어갈지 고민이라고 했다. 그녀와 3년을 일해 온 건 타인의 시선에서 자유로운 매력 때문이었다.

나는 너를 본다.
하루하루 숨이 빠져나가는 게 보인다.

네가 죽기 하루 전 응급실 앞에서 형욱이를 만났다.
"여기서 마주칠 줄 몰랐네. 지금이 아니면 기회를 영 놓칠 것 같아서……."

그가 뒤통수를 긁적이며 어색하게 입을 열었다. 그를 보자 사라진 줄 알았던 질투의 감정이 다시 올라왔다.

"전공의 시험 때문에 시간이 없다면서, 나한테는 전화 한 통 않더니, 여기 올 시간은 있었던 거야, 그런 거야?"

"뉴스에서 사고 소식을 보았는데 이제야 시간을 뺐어. 급히 오느라 연락할 틈이 없었어."

"마음이 없었던 건 아니고?"

"무슨 말이 그래?"

그가 미간을 찌푸렸다.

형욱이 응급실에 들어가고 복도에 서 있었다. 기다려도 나오지 않아 안으로 들어갔다. 고개를 숙이고 있는 형욱의 뒷모습이 보였다. 우는 걸까? 내 앞에서는 보이지 않던 행동이었다. 의사는 시간이 얼마 남지 않았다고 했다. 콧줄을 빼고 몸을 휘감았던 호스도 제거해서 얼굴은 편안해 보였다. 나는 네 다리를 덮은 시트를 살짝 걷었다. 앙상하게 도드라진 정강이와 날카로운 발목 뼈가 드러났다. 보기 흉하게 가지를 튼 진보랏빛 혈전도 보였다. 하얗고 곧게 뻗은 다리가 아니라서, 호텔에서 너를 유혹하던 관능적인 몸이 아니라서 어쩌니? 그가 고개를 돌렸다. 당신을 정신 못 차리게 한 잘록한 허리와 매혹적인 목선, 아름다운 몸은 이제 없어. 똑똑히 봐. 이게 당신이 욕망하던 몸이었어. 나는 네 발을 주무르며 잔인한 미소를 지었다,

너는 죽었다. 눈에 박인 가시가 빠졌는데 기쁘지 않았다.

오지 않을 줄 알았던 형욱이 빈소에 나타났다. 그는 혼자 앉아 소주 한 병을 비웠다. 형욱이 나가면서 나를 불렀다. 장례식장 건물 커피숍에 마주 앉았다. 앞에 놓인 커피가 식어갔다. 그가 입을 열었다.

"그날…… 우리에게…….."

우리라니, 내 앞에서 너와의 관계를 털어놓으려는 형욱이 잔인하게 느껴졌다. 계속 듣고 있어야 할지 갈등했다.

"네가 어떻게 생각할지 모르겠지만……."

불쾌하고 아픈 시간을 파헤치도록 놔두고 싶지 않아서 자리에서 일어섰다.

"잠깐!"

그의 목소리는 낮지만 단호했다.

"다 끝난 일이야."

자조적인 말과 함께 천운이 날아가서 안 됐다며 비꼬았다.

"네가 생각하는 일은 없었어."

그는 잠시 말을 끊고는 탁자에 팔꿈치를 대고 손바닥으로 이마를 받쳤다.

"솔직히 나도 인간이라…… 갈등이 없진 않았어. 속물적인 마음을 들키고 싶지 않아서…… 되려 채움이에게 더 큰 모멸감을 주었어. 그런 내가 정직하지 못하다는 생각이 들더라. 내 비겁함이 그녀를 죽였어."

형욱은 자신 때문에 네가 그렇게 됐다고 믿는 듯했다.

"그 얘길 왜 해?"

"오해 사고 싶지 않았어."

"이미 끝난 일이야."

장례식장 로비에 기자들을 불러 모아 인터뷰하는 사돈어른이 보였다.

"우리 채움이는 발레를 위해 태어났어요. 발레밖에 모르는 착한 애였어요. 미래가 창창했는데, 재능이 넘치면 하늘이 일찍 데려간다더니……."

그가 비통한 표정으로 기자들에게 말하는 소리가 들렸다. 내가 보낸 문자와 사진을 보았을 텐데, 통제와 구속에 네가 어떻게 살았는지 다 알면서 천연덕스럽게 딴소릴 하고 있었다.

"채움이는 발레를 좋아하지 않았어요. 사돈어른이 더 잘 아시잖아요."

곁을 지나가며 한 마디 했다. 기자들이 웅성거렸다. 아, 아 그게 아니고…… 사돈어른은 당황하지 않고 고수답게 사태를 수습하는 노련함을 보였다.

건물 화장실에 들어갔다. 바지 주머니에서 칩을 꺼냈다. 지방 출장을 다녀오다가 고속도로 휴게소 화장실에서 주운 대포폰에서 빼낸 거였다. 악마의 계시처럼 타이밍이 맞아떨어졌다. 칩을 입속에 넣고 씹으며 변기에 앉아 너를 찍은 사진을 한 장씩 넘겨보았다. 이젠 모든 게 의미 없어졌다. 반짝이고 시들고 말라가다 사라져간 네 모습을 모두 선택했다. 삭제 위에 올린 손가락이 떨렸다. 너와 함께 나도 지워지고 있었다.

숙주

숙주

이른 아침, 전화벨 소리에 눈을 떴다. 통화 버튼을 누르자 선배는 다짜고짜 예술가를 위한 심리 상담 프로그램 이야기부터 꺼냈다. 관심 없다고 했더니 본인도 상담을 받기 전에는 같은 생각이었다며, 한 번쯤이란 말로 꼬드겼다. 세상천지에 마음 꺼내놓을 곳이 어디 있더냐는 말이 꽤 진정성 있게 들렸다.

선배에게서 슬럼프라는 말을 자주 들었다. 도무지 그림이 안 그려진다며 약탈자의 손에 귀중품을 빼앗긴 여행자처럼 절망에 찬 목소리를 냈지만, 최근 전시한 작품이 화랑가에 꽤 신선한 바람을 일으켜 비싼 값에 팔린 걸 알고 있었다. 선배 그림이 주목받기 시작한 건 그리 오래되지 않았다. 모 기업체 회장이 우연히 전시장에 들른 게 인연으로 이어지면서 이름이 알려지기 시작했다. 그는 내게 밥을 사주면서 그룹전과 개인전을 여러 번 열었지만,

날벼락 같은 횡재는 처음이라며 믿기지 않은 표정을 지었다.

선배의 그림을 두고 어느 비평가는 장난스러운 슬픔이란 표현을 썼다. 그 말에 이상하게 공감이 갔다. 선배가 자주 사용하는 색은 진한 바이올렛과 오렌지였지만 세상에 없는 색을 창조라도 하듯이 여러 색을 섞었다. 그의 초기 작품의 모티브는 회백색의 하늘과 초겨울의 늪지, 말라비틀어진 연 줄기와 연밥이었다. 죽었지만 죽지 않은, 말랐지만 마르지 않은 세계를 표현하던 그가 언젠가부터 명징한 빛깔의 커다란 연잎 끝에 보물찾기 하듯이 인체의 어느 한 부분을 그려 넣기 시작했는데, 그게 비평가의 눈에는 그렇게 보인 모양이었다.

일주일 전 나는 캄보디아에서 돌아왔다. 세 번째 방문이었다. 프놈펜에 머무는 동안 매일 타프롬 사원을 찾았다. 사원은 하루하루 위험해지고 있었다. 안전을 보장할 수 없다는 안내문이 곳곳에 붙었다. 균열이 심한 사원을 안전하게 붙잡아 주는 게 벵갈 보리수인지 보리수로 인해 사원이 처참해진 건지 헷갈렸다. 타프롬의 첫인상은 충격이었다. 벵갈 보리수와 사원은 마치 치정 관계 같았다. 서로를 옥죈 모습에서 엄마 아빠를 보았다. 돌가루가 떨어지고 금이 간 사원을 엄마와 동일시하는 게 비약일지 모른다는 생각을 하면서도 생각을 멈추기 힘들었다.

뿌리내릴 장소를 찾아 맹렬히 더듬이를 움직일 벵갈 보리수를 보며 미토콘드리아를 생각했다. 자기 증식이 뛰어난 식물이었다. 모든 세포는 죽고 생성하며 숙주를 위해 노동하며 진화해왔다. 아빠가 엄마를 이용하듯 벵갈 보리수 역시 무법자이고 파괴자이고 포식자로 보였다. 보리수를 그릴 때 나는 뿌리에 가늘고 긴 눈을 그려 넣었다. 마치 사원을 감시하는 듯했다. 평론가들은 '눈'을 섬뜩한 감시자라고 했다. 그 제목으로 전시한 작품이 호평을 받았고 덕분에 젊은 작가상도 받았다. 선배는 사원과 벵갈 보리수가 공생관계라고 했지만 나는 동의하지 않았다.

가족이란 매개체로 한 울타리에서 생활하던 사람들이 뜨거운 미역국에 넣은 매생이처럼 풀어졌다. 오빠와 나는 지구 표면에 아슬아슬하게 매달린 물방울이었다. 이대로 톡 꺼져도 기억에서 떠올릴 사람은 없었다. 주변의 무심함이 한편으론 고마웠다. 그건 내가 아빠를 보면서 느꼈던 단단한 뼛조각의 의미와 같았다. 무가치한 생물. 썩거나 부식되는 데도 오랜 시간이 필요할 것 같은 존재, 본인뿐 아니라 가족의 영혼에 못을 박은 사람. 균열의 조짐은 폭력이었다. 아빠는 왕성한 생명력으로 가족을 휘감았고 집요하고 끈질기게 엄마의 정신세계를 파괴해 나갔다. 점점 초췌해져 가던 엄마. 집안 곳곳에 설치된 몰래카메라와 엄마를 미행하던 낯선 남자. 유리잔이 물풍선처럼 터지고 추임새처럼 따라붙던 찰진 비명.

기상 시간이 아닌데 선배 전화로 잠이 깼다. 눈은 떴지만, 정신은 맑지 않았다. 저녁형인 나는 아침 9시는 되어야 정신이 맑아졌다. 루틴대로 생활해서 그게 깨지면 종일 머리가 아팠다. 전화를 끊은 뒤 좀 더 자려고 도로 침대에 누웠다. 유튜브에서 명상 음악을 찾아 틀었다. 우주 근원의 소리를 들으며 호흡에 집중했다. 깊고 웅장한 음파가 전신으로 퍼졌다. 깊은 곳에서 울리는 묵직한 진동에 마음이 평온해졌다. 그때 평화를 깨는 메시지 음.

선배였다. 방금 통화를 끝냈는데 또 무슨 일인가 했더니 두물머리 사진을 보내왔다. 연꽃을 찍으러 간다더니 그때 찍은 모양이었다. 특이한 건 연꽃은 안 보이고 배다리와 저녁노을만 보였다. 가장 눈에 띄는 건 배다리 위에서 자신의 동그란 배를 클로즈업해서 셀카로 찍은 사진이었다. 참외 배꼽이 인상적이었다. 짙은 바이올렛 색 연잎을 화폭에 담기 시작하면서 선배는 그림 속에 내면세계를 그려 넣기 시작했는데 그게 배꼽이었다. 바이올렛 연잎에 아슬아슬하게 걸린 참외 배꼽은 익살스러우면서 측은해 보였다.

선배 작업실에는 다양한 모양의 장난감과 조형물이 많았다. 어린애처럼 창문가에 미니 자동차와 공깃돌, 따개비도 올려놓았다. 크기와 색, 모양이 제각각인 소라 껍데기도 정성스럽게 배열해 두었다. 모르는 사람들은 그를 항문기에 머물러 있다고 비꼬았지만 내 생각은 달랐다. 그의 무의식 세계엔 다섯 살배기 아이가 있었다. 센척 연기하고 있지만 내가 보고 느낀 그림에서 내면을 비추는 달빛이 보였다. 나는 그게 배꼽이란 생각이 들었다. 작품에 궁금증이 생길 때도 있었지만 질문은 하지 않았다. 어쩌면 회피였고 두려움이었다. 사람을 깊이 알아가는 데는 용기가 필요했다. 나는 아직 사랑할 준비가 안 되어 피상적인 관계를 유지하려 애썼다. 그런 내 마음을 선배도 모르지 않았다.

그와 메시지를 주고받는 중에 자꾸 눈이 감겼다. 루틴이 깨지면 바로 생체리듬에 이상이 생겼다. 답을 보내놓고 베개 위에 얼굴을 묻었다가 깜빡 잠이 들었다. 까톡. 기계음에 다시 눈이 떠졌다. 문자가 오가길 몇 번 반복하자 기진맥진해졌다. 이 사람 왜 이러지. 난 지금 자고 싶은데…… 귀찮아하면서도 받아주는 내 잘못일까.

전시 날짜가 잡히면서 선배는 커다란 연잎이 증식해 나가는 작업실에서 많은 시간을 보냈다. 작업실 옆 공간에 간이침대를 놓고 잠을 잤고 배달음식을 시켜 먹었다. 멀쩡한 집을 두고 불편함을 자초하는 게 예술가의 성향이라고 이해하려 해도 최근의 그는 의도적으로 몸을 혹사하는 듯 보였다. 그러다 병나요. 그 말을 해주고 싶다가도 그러면 애써 유지해온 관계가 좁혀질까 봐 주저했다. 궁금한 건 그도 나처럼 미공개된 마음이 있을 터인데 상담사에게 어디까지 자신을 털어놓았을지 궁금했다. 내게 권하는 걸봐서는 길바닥에 떨어진 햇빛 한 조각이라도 주운 것과 같은 효과가 있었던 것도 같았다.

"백 년 동안 땅속에 묻혀있던 나, 그러니까 나의 유골을 고고학자 앞에 내보인 심정이었어. 처음에는 이 자리에 왜 내가 앉아있지? 싶었는데, 상대가 이미 내 뼈 상태를 봐버렸더라고! 얼떨결에 가면이 벗긴 거지. 아프거나 부끄럽기보단 시원했어. 위로받는 기분이었거든"

단어의 행간을 찾아가며 선배가 말하고자 한 내용을 이해하려애썼다. 전문가가 선배의 미공개된 마음을 열고 들어가 구석에웅크리고 앉은 다섯 살 꼬마 아이를 보았을까. 안아주었을까. 선배는 울었을까.

가족이 흩어지면서 나는 선택적 도생에 들어갔다. 이런 나의변화를 눈치챈 사람은 선배뿐이었다. 그는 이유를 묻지 않고 어떤 환경에서든 버텨내는 게 이기는 거라며 생존을 매개로 수시로연락을 해왔다. 있잖아. 내가 어디서 읽었는데 자살은 해결이 아니고 도피래. 가장 무책임한 책임회피. 마치 내 마음에 들어왔다나간 사람처럼 말했다.

"우리 매일 같이 밥 먹자. 밥 먹어 주는 사이, 좋잖아."

그의 일방적 제안에 얼른 대답하지 않았는데 그게 암묵적 승낙이 되어 일주일에 한두 번 마주 앉아 밥 먹는 사이가 되었다.

선배는 일어나면 상담 신청하라는 메시지를 끝으로 대화창을 닫았다. 지친 나는 침대에 꼬꾸라졌다. 명상 음악을 재생했다. 마음이 차분해지면서 알 수 없는 세계에 안착한 기분이 들었다. 선배 앞에서 마음을 내보인 적이 없었는데 실수로라도 비정상적으로 꿈틀거리는 그림자라도 보인 걸까. 그의 세심한 어루만짐과 익살에 위로받을 때마다 무의식적으로 뒤로 물러났지만, 애매하게 넘어간 일이 더 많았다. 그 폐해는 외래어가 반 이상인 연재물을 읽어 낼 때처럼 피로감을 주었다. 특히 아빠를 연상시킬만한 행동을 할 때는 참아주기 힘들었다.

네 아빤 무척 자상한 남자였다. 엄마는 지난날을 아름답게 포장하곤 했다. 잘 챙겨주고 성실한 사람이었는데 어느 날 갑자기 변했다고. 엄마 말에 따르면 건강하던 막냇삼촌이 객사한 다음부터였다고 했다. 사람이 하루아침에 변하는 걸 경험한 적이 없던 엄마는 무속인을 찾아갔다.

"죽은 이의 혼이 당신 남편 몸에 들어갔어. 혼령을 달래서 저승으로 보내줘야 해."

저주보다 무서운 말에 엄마는 부적도 받아오고 굿도 했지만, 아빠는 달라지지 않았다.

아빠가 환자가 되기 전 가족은 단란했다. 근사하게 맞춘 퍼즐이었다. 세상에 내 편만 존재하는 울타리, 에너지의 원천이었다. 아쉬운 건 그 순간이 몹시 짧아 꿈에서 개기일식을 본 듯했다. 어느 날 갑자기 휘몰아친 태풍, 바람에 퍼즐 몇 개가 사라졌다. 한 조각만 분실해도 무용지물이 되는 퍼즐은 부서진 목조건물처럼 흉물스러웠다. 시간이 흐를수록 아빠의 집착과 망상은 심해졌고 없어진 퍼즐 조각은 아빠 머릿속에서 재구성되었다. 없는 정부를 만들고 진실을 말하라고 윽박질렀다. 되풀이된 폭력에 오빠와 나는 아빠 발자국 소리만 들어도 심장이 죄어오고 맥박이 빨라졌다. 죽었으면 싶었다. 아니, 죽이고 싶었다.

끔찍한 기억에서 벗어나지 못한 나는 어느 하루 아빠가 아니라 나를 해치기로 마음먹었다. 기억의 노예로 사는 게 힘들었다. 잊었다고 생각한 사건들은 어떤 형태로든 삶에 영향을 미쳤다. 슬픔보다는 무기력이었다. 거대한 불안은 꿈속까지 따라왔다. 숙면이 힘들었다. 계속 눈물이 났고 설명하기 힘든 기적조차 떠난 뒤였다. 이젤을 접고 화구를 상자에 넣었다. 선배 전화가 귀찮아서 무음으로 설정했다. 그러자 그는 짧은 편지를 초밥과 함께 문 앞에 두고 갔다.

-먹어. 졸음이 올 땐 뭐든 입에 넣고 씹으면 잠이 달아난대. 마음도 같아. 우울할 땐 맛있는 요리가 도움이 돼. 먹다가 보면 심각하게 생각했던 일들이 아무것도 아니었다는 걸 알게 돼. 난 널 행복하게 해주고 싶어. 이거 특별 주문한 초밥이야. 너 홍새우

랑, 연어대뱃살 좋아하잖아. 입에 넣고 꼭꼭 씹어. 씹다 보면 그 뭐냐. 삶이 맛이 나더라고.

위로도 장난스럽게 하는 편지에도 웃을 수 없었다. 알 수 없는 생물체가 나를 조종하는 기분에 빠진 날, 소주에 수면제를 먹었다. 약보다 알코올 기운이 먼저 퍼졌다. 푹 자고 싶었다. 잘 수만 있다면 무슨 짓이든 할 것 같았다. 수면내시경을 할 때처럼 숫자를 셌다. 8… 5… 2 몸에서 기운이 빠졌고 가슴 위에 올려두었던 손이 풀려 방바닥에 떨어졌다. 구불텅한 깊이 속으로 몰락하듯 빠져들었다. 불안감이 사라지면서 마음이 고요해졌다. 어느 순간 의식이 거품처럼 꺼졌다. 꿈속에서 내가 나를 보고 있었다. 처음 보는 곳이었는데 초원이었다. 드넓은 들판에 안개가 자욱했다. 동물이나 다른 생명체는 보이지 않았다. 춥지도 덥지도 않은데 무섭지도 않았다. 나인 듯 내가 아닌 듯한 여자가 하얀 드레스를 입고 들판에 서 있었다. 걸을 때 옷자락이 끌렸다. 가볍고 부드러워 마치 공기를 휘감은 듯했다. 끝이 보이지 않는 길이 계속 이어졌다. 어디로 가는지, 가야 할 곳이 있는지도 알 수 없었다. 그러다가 갑자기 발을 헛디뎠는데 기우뚱하면서 무언가에 부딪쳤다.

"태이야."

누군가 어깨를 흔들었다.

"태이야. 나 보여? 태이야!"

눈을 떴다. 갈고리에 걸린 고깃덩이처럼 의식이 공중으로 들어 올려졌다. 아가미가 찢기는 고통이었다. 입이 말랐고 속이 쓰렸다.

"바보야. 무슨 짓을 한 거야. 술도 못 마시면서?"

따뜻한 손이 내 얼굴을 만졌다. 안간힘을 다해 눈꺼풀을 들어 올렸다. 선배가 보였다. 이마, 눈, 코, 입이 달처럼 내 얼굴 위에 떴다.

"너 오줌 쌌어."

어색한 분위기를 만회하려는 듯 그가 농담을 던졌다. 실없는 소리라 여기면서도 혹시나 해서 아래를 더듬었는데 진짜로 잠옷이 축축했다. 33년을 모태솔로로 살아왔는데 오만 걸 다 보여준다는 생각에 얼굴이 빨개졌다. 선배가 등을 돌린 사이에 황급히 욕실로 뛰어들었다. 샤워기 아래에 알몸으로 섰다. 다시 기능하는 몸, 수치스럽고 부끄러웠다. 물줄기가 이마와 등, 빗장뼈를 두드렸다. 그제야 별안간 드는 생각. 선배는 어떻게 이곳에 왔을까. 비밀번호는 어떻게 알고? 지난밤 일을 차근차근 되짚었다. 수면제…… 노란 잠옷…… 소주……. 물 대신 소주를 마신 건 기억이 났다. 그것도 빨강 뚜껑, 오크 증류주 20도 두 병. 소주 반 잔이 주량인 내게 그 정도 양은 치사량이었다. 거기까지는 생각이 났지만, 선배와 통화한 기억은 없었다.

"태이야. 얼른 나와. 배고프다. 밥 먹으러 가자."

욕실 문밖에서 그가 노크했다. 이 상황에서도 밥 타령이라니 선배다웠다.

"다시 태어났으니 기념으로 한 번 안아볼까."

거실로 나오자 그가 나를 향해 팔을 벌렸다. 늘 저런 식이었다. 말은 툭툭 내뱉지만, 함부로 선을 넘는 행동은 하지 않았다.

"선배…… 여긴 어떻게 들어왔어요?"

"야야. 네가 알려줬잖아. 혀가 꼬여서 무슨 말인지 알아듣지도 못하겠더라."

선배는 훈민정음해례본 해석하기보다 어려웠다며 너스레를 떨었다.

무의식 속에 죽음에 대한 공포가 있었던 모양이었다. 순간 자신이 참 못나 보였다. 때때로 선배가 감당하고 인내할 몫의 욕망이 그를 몹시 힘들게 할 거란 생각은 했지만, 아빠가 망상장애로 어렵게 맞춘 퍼즐을 망가뜨린 일을 생각하면 남자를 받아들이는 게 힘이 들었다. 사랑이란 이름 위에 덧씌워진 집착과 의심. 파멸로 끝이 난 가족사. 아빠에 대한 적대적 감정은 남자에 대한 증오로 이어져 선배의 호의적 호감조차 은폐된 잠재적 의처증으로 여겨졌다.

명상 음악을 들으며 발가락을 꼼지락댔다. 선배는 상담소에서 기질과 성격검사를 했다며 결과를 이야기해 주었다.

"거울이란 도구를 사용하지 않으면 내 모습을 볼 수 없는데, 그동안 외면했던 자신과 잠깐 만난 기분이야."

선배 말이 머릿속에 떠다녔다.

"처음에는 낯설고 불편했는데, 고의적 외면이 그 이유였던 것 같아. 어떤 건 맞고 어떤 건 틀리지만 상담이 내 그림자를 들여다보게 해 준 건 사실이야."

그는 상담의 마무리를 다소 추상적으로 끝냈지만 숨겨놓았던, 꺼내고 싶지 않았던 어떤 순간과 대면했다는 말 같았다.

계속 발가락을 가위질했다. 인간은 어차피 다중적일 수밖에 없고 지나치게 비대칭만 아니면 스스로 균형을 잡아가며 살아가게 되어 있다. 마음 조절에 실패하거나 기능에 문제가 생기면 단단한 껍질 속에 몸을 숨기기도 하지만 그런 자신을 인지한다는 건 나올 방법을 알고 있다는 뜻이기도 했다.

깊게 숨을 마시고 천천히 내뱉었다. 우울한 감정이 나쁜 공기처럼 마음을 들락거려 행복한 감정은 낯선 이의 장화 발에 짓이겨지고 없는 듯했다. 머릿속이 온통 흙탕물이었다. 악취가 나고 죽은 물고기가 둥둥 떠 있었다. 오리가 기슭에 머리를 처박고 오염된 날개를 퍼덕였다. 슈트를 말쑥하게 차려입은 아빠가 배를 까뒤집고 죽은 물고기를 건져 올렸다. 그가 버린 담배꽁초, 실뭉치, 각종 단추, 와이셔츠 그리고…… VVIP를 위해 재단한 최고급 슈트. 아빠는 옷감을 가위질하면서 전화기를 놓지 않았다.

야. 너, 어디야. 어떤 놈이랑 있는 거야? 나는 손으로 허공을 긁었다. 누구라도 잡히면 할퀼 거야. 아빠 슈트를, 할아버지에게서 물려받은 재봉틀을, 아빠보다 나이 많은 가위를. 그 가위로 아빠 배때기를 찌를 거야. 그러자 그림 속 벵갈 보리수가 팔을 뻗어 내 목을 휘감았다. 숨이 막혔다. 눈을 뜨고도 가위에 눌릴 수 있는 걸까.

까톡. 메시지 음이 나를 잠 밖으로 이끌었다.

–태이야. 아직도 침대야? 일어나 상담 신청해.

선배는 톡을 멈추지 않았다. 시계를 보니 오전 8시 30분이었다. 그는 참 할 일도 없다. 그때 그 사건이 있고 난 후 선배는 더 자주 연락을 했다. 새벽부터 잠을 설쳐서 기분은 우울하고 머릿속에는 부유물이 떠다니듯 뿌옜다. 심리 상담이 아니라 정신과로 가는 게 맞을 것 같다는 생각을 하면서 손목과 발목을 돌렸다. 가만있다가는 증명되지 않는 무엇에 계속 휘둘릴 것 같았다. 발바닥을 꾹꾹 눌렀다. 그곳에서 파생된 에너지가 발목과 종아리, 허벅지를 거쳐 심장과 폐로 차올랐다.

팔을 뻗어 스트레칭을 했다. 척추가 펴지면서 팔이 늘어나 시원했다. 하품이 계속 났다. 나도 모르게 입을 양껏 벌렸는데 헉, 입이 다물어지지 않았다. 이런 일이 가끔 있었다. 기괴한 표정으로 이불 위에 있던 스마트폰을 집어 들었다. 119를 누르려다가 멈췄다. 뼈가 어긋나 도움을 청하기 어려웠다. 엄마의 막막함이 이해가 되었다. 아빠는 장인의 정신으로 엄마의 삶을 자르고 재단하고 멋대로 박음질했다. 끊임없이 당하면서도 엄마는 아빠를 두둔했다.

"미워하지 마라. 저 사람도 제 속의 짐승을 어쩌지 못해 괴로울 게다."

착한 여자 콤플렉스에라도 빠진 걸까.

"원형 탈모가 심각한 정수리 좀 봐. 그러면서도 두둔하고 싶어? 그는 인간이 아니야. 그러니 정신 차리고 도망이라도 가."

"그래도 네 아빠가 있어 우리가 이렇게 걱정 없이 살 수 있잖니? 짐승만 빠져나가면 더없이 순한 사람이다."

"코스프레 좀 집어치워. 역겨워."

입을 이리저리 움직였다. 그럴수록 통증은 더했다. 엄마를 폭행하는 아빠를 말리다가 턱을 맞은 적이 있었다. 한 번 빠지자 어금니 충치를 위해 입을 벌릴 때도 빠졌다. 그때는 의사가 달려와 귀 앞 튀어나온 뼈를 살살 문지르며 턱을 두 손으로 밀어 넣었다. 의사가 한 것처럼 턱뼈를 달래는데 전화벨이 울렸다, 우도전. 이름처럼 도전의식이 강했다. 선배에게도 맞춰지지 않는 퍼즐이 있는 모양이었다. 저러고도 그림에 집중할 시간이 있는 게 신기했다.

얼굴 뼈 중 하나가 어긋났을 뿐인데 할 수 있는 게 없었다. 신체에 문제가 생기자 우울한 감정이 사치같았다. 턱만 제자리로 들어가면 뭐든 할 수 있을 것 같았다. 아빠의 의심병이 멈추면 가정이 정상으로 돌아가듯이.

기성복이 일반화되면서 아빠의 맞춤 전문점도 다이어트에 들어갔다. 열 명이 넘던 직원이 일곱 명에서 다섯, 다섯에서 둘, 그 둘도 내보내면서 가게는 더욱 축소되었다. 엄마가 가게 일을 도왔다. 다행히 기성복에 만족하지 못한 사람들이 띄엄띄엄 찾아왔다. 몸의 움직임에 반응하는 옷. 최고급 원단으로 2대를 이어 온 명장이 만든 양복은 품위와 착용감, 맵시가 달랐다. 엄마는 치수 재는 일을 도왔고 다과나 차를 내왔다. 고객에게 원단 샘플을 보여주고 원하는 색상과 디자인을 꼼꼼히 기록했다. 당신 남자 손님들한테 왜 그렇게 친절해? 내 앞에서는 한 번도 그렇게 안 웃었잖아. 가게가 번창하고 일감이 줄어들기 전에는 하지 않던 농담이었다.

입은 다물어지지 않았다. 애를 쓰니 땀이 났다. 턱을 감싸 쥐고 존재하는 모든 신을 찾았다. 엄마 말처럼 의심병만 없으면 아빠는 지극히 정상적인 가장이었다. 실력과 능력을 갖췄고 외모도 훤칠했다. 신은 어째서 그를 인간으로 기능하게 하는 세포 중 하나를 어긋나게 한 걸까. 그가 휘두르는 골프채, 청소기, 냄비 뚜껑, 컵 같은 도구를 피해 엄마는 싱크대 구석, 다용도실, 식탁 아래, 침대 옆으로 몸을 피했다. 진실을 말해. 그놈이랑 잤지? 피폐해가던 아빠. 숨어서 지켜보는 오빠와 나. 점점 커지는 증오는 뇌 속에 자라난 꽈리만큼 위험했다.

다물어지지 않는 턱은 풀 수 없는 엄마와 아빠 관계 같았다. 막막한 심정으로 벽에 걸린 작품을 바라보았다. 이 그림은 10여 년 전 캄보디아를 다녀와서 그렸다. 최초로 그린 벵갈 보리수였고 아빠에 대한 명확한 판단을 내리게 한 작품이었다. 폭력에 익숙해져 그것을 미화하고 동정하다 저항의식을 잃어버린 엄마의 학습된 무기력을 답습한 내 모습이기도 했다.

"그러면서 왜 살아. 우릴 위해서라는 핑계 대지 마. 가증스러워. 죽여, 차라리 죽이라고! 엄마가 안 하면 내가 할 거야."

나는 독한 말을 퍼부었다.

빨강 지붕에 아담한 단독주택에서 벌어지는 살벌한 폭력. 모범적인 데다 온순하여 그동안은 어떤 저항도 하지 않던 오빠가 더는 지켜볼 수 없다며 방문을 걷어찬 날은, 군대를 제대하고 복학 준비를 하던 때였다. 조용하던 사람이 변하니 눈초리가 사나웠다. 그는 으르렁대며 복종하던 대상을 향해 이를 드러냈다. 이전의 오빠는 아빠의 망상이 시작되면 방문을 닫고 포탄이 터지는 전쟁터에 참전한 학도병처럼 떨고만 있었다. 구석에 앉아 여린 그가 한 일이라곤 주먹을 꾹 거머쥐고 입술을 앙다물고 눈을 부릅뜨는 것이었다. 그랬던 오빠가 나선 것이다. 총기 사용법도 배우지 못한 학도병이 어떤 끔찍한 장면을 목격한 뒤 눈이 뒤집혀 무차별적으로 총질을 하는 것과 같았다.

"이 새끼가 미쳤나?"

아빠가 막아섰지만 건장한 청년을 이길 수 없었다. 아빠를 단숨에 제압한 오빠는 다용도실 구석에 숨은 엄마에게 달려갔다. 독이 오른 핏불테리어 같았다. 아빠가 저 새끼가, 저 새끼가…… 하는 사이에 오빠는 엄마를 공격했다. 비명을 지르는 건 엄마가 아니라 오빠였다. 그는 제정신이 아니었다. 너무 큰 충격을 받은 나는 말려야 한다는 생각마저 잊어버렸다. 바이러스를 사멸하려면 숙주부터 없애야 해! 죽어…… 죽엇! 엄마는 두 팔로 얼굴을 감싼 채 몸을 웅크렸다. 핏불테리어는 한 번 문 것은 절대 놓지 않는 동물이었다. 오빠는 침을 흘리는 공격성 강한 개가 되어 있었다.

그날 밤 오빠는 사라졌다.

턱을 계속 문질렀다. 퍼즐이 맞춰지지 않듯 빠진 턱은 제자리를 찾아가지 않았다. 입이 안 다물어지면 어떻게 될까. 어떻게 살아야 하나. 처음엔 불편해도 익숙해지면 정상으로 살아지게 될까. 엄마처럼. 저항없이. 그때 정적을 깨는 소리. 또 선배일 것이다. 아, 정말 지겹다. 한마디 할 생각으로 수신자를 확인했는데 미술협회 회장이었다. 말을 할 수 없어 잠시 후 연락드린다는 문자를 보내고는 침대 위에 가부좌를 틀고 앉아 눈을 감았다. 조급한 마음을 살살 달래며 입을 아래위, 양옆으로 조심스럽게 움직였다. 그러길 얼마나 했을까. 덜컥. 톱니바퀴가 맞춰지듯 턱이 제자리로 들어가면서 입이 다물어졌다. 진이 빠진 나는 그대로 이불 위에 쓰러졌다. 귓속이 멍하고 턱이 얼얼했다. 시계를 보았다. 몇 시간이 지난 줄 알았는데 겨우 10분이 지났을 뿐이었다.

침대에서 내려와 커튼부터 열어젖혔다. 때맞춰 울리는 전화벨.

"왜 전화를 안 받아?"

이 남자 정말 대책이 없구나.

"새벽부터 계속 전화에 문자폭탄…… 심한 거 아니에요?"

"연락이 안 돼 걱정했잖아."

"누가 걱정해 달랬어요?"

그는 관심을 간섭으로 받아들이는 나한테 상처를 받았는지 풀죽은 목소리로 잠을 방해했다면 미안하다고 했다.

"이거 집착 아니에요?"

평상시 같으면 넘어갔을 일이었는데 턱 때문에 예민해져 있었다. 턱이 빠졌다는 걸, 제자리로 돌려놓는 게 힘이 들었다는 걸 말하고 싶지 않았다.

진흙처럼 찐득거리는 마음을 진정시키며 침대 정리를 했다.

손가락에 부드럽게 휘감기는 차렵이불에 얼굴을 갖다 댔다. 사는 게 왜 이렇게 힘이 들까. 치과의사는 본인도 모르게 어금니를 앙다무는 습관이 있다며, 너무 세게 물지 말라고 했다. 그랬던 걸까. 무의식중에 세상을 꽉 물고 살았던 것일까. 조금 느슨해도 되는데, 벌려도 되는데 그럼 마모가 덜 되었을 텐데. 그 때문에 턱이 더 자주 빠진 걸까.

창문을 열었다. 새벽 배송된 식품처럼 따끈한 태양이 배달되어 있었다. 손을 내밀어 햇빛을 손바닥에 받았다.

다시 울리는 전화벨.

"밥 먹자. 내가 갈게."

그는 자기 할 말만 하곤 전화를 끊었다. 일방적인 행동에 마음이 상했지만 항의하진 않았다. 왜일까. 어째서 끌려가는 거지. 이 관계가 건강한가. 묻고 또 물었지만 명확한 답을 찾지 못했다, 대학 때부터 그는 내 옆에 있었다. 선배의 마음이 집착인지 관심인지 사랑인지 알 수 없지만 만나서 밥을 먹는 사이였다. 그의 말처럼 이참에 상담을 받아보는 게 좋을 것 같다는 쪽으로 생각이 기울어 컴퓨터 창을 열었다. 로그인을 기다리다 미술협회 회장에게 먼저 전화를 걸었다. 회장은 팸플릿 제작에 쓸 사진과 약력을 보내라고 했다.

"오 작가 작품에 기대를 거는 사람이 많아요."

회장은 내 작품을 지지해 주는 이들 중 한 명이었다. 직관적

추상을 비판적으로 보는 이도 있지만, 정제되지 않은 반항심에 문제의식이 담겼다며 용기를 주었다. 무엇보다 벵갈보리수의 눈이 자신을 지키고 번식해 나가려는 본능적 방어기제로 보인다고 했다. 이번에 인사동 갤러리에서 열리는 동아시아 작가 교류전에 추천한 이도 그였다. 선배도 작품 두 점을 출품하기로 했다. 개인전 이후 2년 만이었다.

그나마 나를 잡아 준 게 그림이었다. 사춘기를 지나면서 마음을 괴롭힐 만한 일은 회피하는 습관이 생겼다. 마주해서 고통스러운 건 은폐했고 왜곡과 변질을 거쳐 전혀 다른 행동으로 나타나거나 작품 속으로 도망쳤다. 어쩌면 마음속 어둠의 발원지는 하얀 백지에 아무것도 그려내지 못하는 막막함이 아니라 스프링처럼 튀어나오는 그림자가 아닐까.

선배는 차를 광화문 방향으로 몰았다.

"북악산 자락에 갈비찜을 끝내주게 하는 식당이 있어."

경복궁을 끼고 우회전을 하면서 그가 말했다. 웃음을 띠고 있지만 경직된 근육은 그대로였다.

"선배. 당분간 작품에만 신경 쓰기로 해요."

"언제 널 방해했니?"

모르는 건지 모른 척하는 건지 알 수 없게 만드는 저 말투.

"일에 방해될 만큼의 전화와 메시지…… 초밥도 질려요. 선배도 작업에 방해되잖아요."

"난 방해 안 돼. 내가 좋아서 하는 일이야."

퉁명스러운데 목소리에 확신이 있었다. 자기 신념이 강한 자는 공감 능력이 떨어진다는 데 맞는 말일까. 막막함 속에서 마음을 코팅해가며 감정을 재배치해 보지만 원심력의 지배를 받는지 조금만 방심하면 미온적인 대응을 하는 모습으로 돌아가 있었다. 엄마처럼.

"난 마음이 시키는 대로 너한테 집중할 거야."

그 말을 하는데 아빠를 보는 듯했다.

차는 좁은 길을 곡예 하듯 올라가 도시가 풍경처럼 내려다보이는 언덕바지에 멈췄다.

"많이 먹어."

그가 고기를 내 접시에 놓아주며 꼭꼭 씹어 먹으라고 했다. 갈비찜 국물에 밥까지 비벼 먹고 자리를 옮겨 카페에서 또 빵과 커피를 주문했다. 타원형의 계단이 층층이 배열된 카페에서 그는 빵을 먹기 좋게 잘라서 내게 주었다. 이 남자의 다감한 모습에 어느새 익숙한 내가 보였다. 엄마도 젊은 시절 아빠의 따뜻한 마음에 감동받았다고 했다. 그도 아빠처럼 변해갈지 모른다.

그때 카페 문이 열리고 한 쌍의 젊은 남녀가 들어왔다. 코가 오뚝하고 피부가 흰 남자는 오빠와 무척 닮았다. 나는 그들을 눈으로 좇았다. 남자가 접시를 들고 여자는 집게를 들었다. 두 사람

은 오누이처럼 다정하게 빵을 살피고 의견을 주고받으며 접시에
담기도 그냥 지나치기도 했다.

오빠는 잘 지낼까?

그날 소동이 있고 난 후 집은 기능이 완전히 멈추었다.
"내가 새끼를 그렇게 만들었다."
자책에 빠져 지내던 엄마는 어느 날 갑자기 죽었다. 충격으로
아빠는 실어증에 걸린 듯 말을 않더니 삼촌이 사는 남해의 어느
섬으로 들어가 버렸다. 오빠 소식을 들은 건 최근이었다. 강화도
에서 맹견 사육사 일을 하고 있었다. 순하고 모범적인 오빠가 그
일을 하고 있다는 게 믿어지지 않았다. 그에게 다시 도시로 돌아
오라는 말을 하고 싶어 찾아갔다.
서로 안부만 묻고는 한적한 농로에 앉았다. 하고 싶은 말과 해
야 할 말이 쌓였지만, 막상 얼굴을 대하고 보니 그런 말이 무슨
소용일까 싶었다. 등 뒤 철책이 높은 건물 안에서 개들이 사납게
짖었다.
"잘 지내고 있는 거지?"
침묵이 길어져 어색해지면 어느 쪽에서 다시 입을 뗐다. 개들
이 담장을 뛰어넘을 듯이 으르렁댔다. 당장에라도 개떼가 침을
흘리며 가시철조망을 넘어올 듯했다. 이런 내 마음을 알았는지

오빠는 괜찮다고, 다 착한 놈들이라고, 강한 척하는 놈도 있고 진짜 강한 놈도 있지만, 이유 없이 물지는 않는다며 나를 안심시켰다. 다시 침묵이 길게 이어졌고, 흰 구름이 천천히 모양을 바꾸었다.

"엄마는…… 잘 보내드렸니?"

긴 침묵 끝에 산기슭에 시선을 보내며 오빠가 물었다. 말을 할 때마다 푹 꺼진 볼이 움직였다. 엄마에게 미안하다고. 울기라도 하면 좋을 텐데 오빠는 잘 참았다. 센 척하는 게 핏불테리어가 아니라 오빠 자신을 두고 한 말 같았다. 사실 엄마를 죽음으로 몰고 간 건 급성 심근경색이었다. 집에 혼자 있어 골든타임을 놓쳤다. 엄마가 죽자 아빠는 금방 물기가 말랐다. 술로 하루하루를 보내더니 가게도 문을 닫았다.

"아프지 말고 잘 지내."

건축설계를 전공한 오빠가 다시 도시로 돌아와 복학하길 바라며 그의 앙상한 등을 오래 쓰다듬어 주었다.

"무슨 생각을 그렇게 해? 커피 다 식겠다."

선배가 먼 곳을 배회하는 내 정신을 커피숍으로 불러들였다. 울적해진 내 눈에 눈물이 고였다. 선배는 모른 척해주었다. 어설프게 위로해 주려 하지 않아서 편했다. 하고 싶지 않은 말을 억지로 하게 했으면 그와 진즉 헤어졌을지 모른다. 식어버린 커피를 한 모금 마셨다.

"선배는 왜 배꼽을 연 이파리에 아슬아슬하게 매달아 둬?"

그의 내면세계를 질문한 게 처음이었다. 엄마가 죽고부터 타인의 삶에 무심했다. 상대방을 열려면 나를 먼저 개방해야 하는데 그게 부담이었다. 엄마는 끝내 아빠를 버리지 않았다. 자신의 삶이 끝나는 날까지 천사처럼 굴었다. 병신처럼.

"배꼽이 만물의 축이거든."

선배가 빵을 베어 물며 말했다. 그의 콧날이 유난히 오똑해 보였다. 인중의 깊은 골도 처음 본 듯 낯설었다.

"엄마 얼굴을 몰라. 나를 낳고 집을 나갔대. 이상하지? 버려졌는데…… 미워해야 하는데…… 궁금해. 한 번만이라도 보고 싶어."

선배는 빵을 꾹꾹 씹으며 콧잔등을 긁었다. 그러더니 엄마 얼굴을 몰라서 배꼽을 그린다고 했다.

"배꼽을 그리고 있으면 탯줄로 연결된 기분이 들어. 그 끝에 엄마가 있을 것 같거든."

그 말을 하며 웃었다. 웃을 대목이 아닌데 웃음을 터뜨려서 그의 눈가에 물기가 배어 있을지 모른다는 생각이 들었지만 고개 돌려 확인하지 않았다. 나는 우는 사람을 좋아하지 않는다. 위로할 줄 모르기에.

"요즘도…… 엄마가 보고 싶어요?"

돌아오는 차 안에서 물었다.

"응. 궁금해. 어떻게 늙었는지…….."

자동차는 곡예 하듯이 언덕길을 내려왔다.

사랑일까

사랑일까

바욘의 미소를 찍으려는데 카메라 렌즈에 짧은 반바지에 브이라인에 민소매 셔츠를 입은 여자가 잡혔다. 그녀는 망고주스를 마시고 있었다. 나이를 가늠하긴 어렵지만, 아가씨보다는 소녀에 가까웠다. 그녀가 나를 보며 생긋 웃었다. 미소 짓는 모습이 썸낭을 닮았다. 나는 흘러내리는 카메라 끈을 어깨 위로 끌어올렸다. 입안이 온통 헐었다. 음식을 먹을 때도 힘들지만 말할 때도 아팠다. 어쩌다 혀가 닿으면 자지러졌다.

아침에 게스트하우스 주인이 특별히 달걀부침을 해 주었다. 입맛이 없었지만 일정을 생각해서 입에 조금 넣었다. 음식이 닿는 순간 찌르는 듯한 통증에 눈물이 났다. 국내에 있었으면 병원에 가서 수액이라도 맞고 누웠을 텐데 먹을 수 없으니 자꾸 가라앉았다. 이 와중에도 썸낭은 있는 것도 없는 것도 아닌 존재로 입속 점막에 난 상처처럼 마음을 괴롭혔다. 아내 말처럼 나는 성숙하지 못했다. 독립된 성인 남자의 기준치에 많이 미달일지 모른다. 이깟 상처에 쩔쩔매는 꼴만 봐도 그렇다. 아내라면 연고를 바르고 고통을 참아가며 바느질을 계속할 것이다.

게스트하우스를 나오기 전 거울 앞에 서서 손으로 아랫입술을 뒤집어보았다. 오른쪽 볼 안쪽에만 있던 하얗고 동그란 상처가 아랫입술 안쪽에도 생겼다. 날씨는 덥고 입안은 화끈거렸다. 입을 다물고 싶어도 자동으로 벌어졌다. 어정쩡한 모습으로 관광지를 두리번댔다. 이런 내 모습이 안쓰러운지 여자가 들고 있던 망고 주스를 내밀었다. 목이 말랐던 터라 망설이지 않고 받았다. 몸이 아프니 체면이나 도덕성 따위가 거치적거렸다. 그게 없었다면 벌써 관광지에 드러누웠을 것이다. 여러 번 왔던 곳인데 처음 와본 듯 낯설었다. 건강할 때 사진 찍느라 여기저기 뛰어다녔는데 지금은 카메라 가방도 무겁게 느껴졌다.

오전인데도 햇살이 뜨거웠다. 피부가 버터처럼 녹는 기분이었다. 물이 필요했지만 아쉬운 대로 주스를 마셨다.

"전 하잉이에요."

여자가 자기소개를 했다. 썸낭과 같은 씨엠립 출신이었다.

"혹시 이 사람 본 적이 있나요?"

지갑 속에서 썸낭 사진을 꺼내 보여주었다. 같은 지역에 살고 나이도 비슷하니 알 수도 있지 않을까 싶어서 기대 섞인 눈으로 쳐다보았다. 여자는 미간에 주름을 잡아가며 꽤 심각하게 사진을 살피더니 고개를 흔들었다. 희망이 사라지자 입안의 통증이 살아났다. 남은 주스를 쭉 들이켰다. 단맛이 상처를 건드리며 목을 타고 어두컴컴한 식도로 떨어졌다.

어젯밤 프놈펜에서 씨엠립으로 와서 곧바로 예약해 둔 게스트하우스로 갔다. 에어컨을 켜 둔 채 잠이 들었다. 아침에 일어나니 한기가 들면서 몸이 바닥에서 떨어지지 않았다. 땅속 깊은 곳에서 어떤 손이 올라와 몸을 묶어버린 것 같았다. 이곳에서 생을 마감한다면 아내는 나를 한국으로 이송해 갈까? 가족이 거부하면 영사관에서 무연고 처리해줄지도 궁금했다. 이승에 미련은 없는데 사십 년 동안 빌려 쓴 몸뚱이를 타국에 천덕꾸러기로 두고 싶진 않았다.

캄보디아에 온 건 썸낭을 볼 수 있을지 모른다는 기대 때문이었다. 아내는 그 사실을 몰랐다. 여행 이야기를 꺼낸 날 아침에도 그녀는 작업실에 나갈 준비를 하고 있었다. 간단한 식사를 끝낸 아내는 식탁에 앉아 소화제를 복용했다. 그런 아내를 보며 냉장고 문을 열었다. 반찬이 담긴 락앤락 통과 이런저런 캔과 음료가 칸마다 질서 있게 정리되어 있었다. 순간 정신이 아득했다. 무얼 꺼내려고 했는지 머릿속이 하얬다. 멍한 얼굴로 냉장고 속 냉기를 맞고 서 있었다.

"10년을 말했는데 아직도 그 버릇 안 고쳤네. 지능지수가 낮은 거야, 나를 무시하는 거야? 추추도 3개월 기르니까 오줌똥 싸는 자리를 가리는데 넌 언제 정신 차릴래?"

아내 잔소리가 이어졌다.

"잠시 생각할 게 있어서……."

"네가 생각할 게 뭐가 있어? 돈을 벌길 해, 학생들을 잘 가르치길 하니? 능력이 없으면 절약이라도 해야지. 추추한테 좀 배워."

"내가 개보다 못하다는 거야?"

평상시 같으면 한 귀로 듣고 흘릴 일인데 썸낭이 사라진 후 신경이 예민해졌다.

"내가 틀린 말 했어?"

한바탕 입씨름이 오가고 나서야 물을 마시려 했던 게 생각났다. 아내는 정수기가 있어도 느릅나무껍질을 넣고 삶은 물을 냉장고에 두고 마셨다. 간헐적 단식을 하는 아내가 위를 보호한다며 마시곤 하는데 몇 번 마셔보니 생수보다 속이 편했다.

아내는 속옷을 잘 만들었다. 디자인과 바느질이 꼼꼼하고 손재주가 뛰어났다. 똑 부러지는 성격은 제품을 만들 때 진가를 발휘했다. 그녀가 만든 속옷을 좋아하는 마니아층은 대부분 2, 30대지만 외모에 관심이 많은 중장년층도 많았다. 한 번이라도 제품을 착용해 본 고객은 대부분 재구매를 했다. 리뷰를 읽을 때마다 아내의 자존감은 올라갔다. 품질과 디자인, 착용감이 좋아서 인연을 맺으면 단골이 되었다.

—디자인이 마음에 들어요. 몸을 안아줘요. 안 입은 듯 가볍고 움직임에 반응해요. 독특해요. 나를 여왕으로 만들어 줘요.

진심이 담긴 후기를 아내는 빠짐없이 읽었고 일일이 답장을 했다. 바쁠 땐 내게 시켰다. 솔직한 답변을 한 고객에게는 답례로 액세서리나 할인권을 보냈다.

아침부터 저녁까지 속옷만 생각하는 아내는 최근에 홈쇼핑과 계약을 맺었다.

"몸이 열 개라도 모자라겠어."

아내는 즐거운 비명을 질렀다. '패션의 완성은 속옷'이란 슬로건을 내건 아내는 마릴린 먼로는 잠잘 때 샤넬 5 향수를 입지만 자신은 입고 자는 동안에 라인을 만들어 주는 제품을 만들겠다는 목표가 있었다. 운 좋게 수도권 대학에서 근근이 시간강사 노릇을 하고 있지만, 재임용 시기가 돌아오면 불안에 떠는 나와는 삶을 대하는 태도가 달랐다.

"앙코르 사원을 꼭 찍어야 해? 작년에도 다녀왔잖아. 돌무더기가 뭐가 좋다고 자꾸 가? 돈도 많다."

여행 계획을 말했을 때 아내는 반대부터 했다.

"놓친 곳이 있어. 작년엔 겨울이었잖아. 계절 따라 풍경이 달라. 이번엔 제대로 찍어오려고."

물 마신 컵을 씻어 컵 걸이에 걸며 말했다. 한심해하는 아내 눈초리가 뒤통수에 느껴졌다. 그녀가 손가락으로 식탁을 톡톡쳤다. 생각이 필요할 때 나오는 버릇이었다. 한참을 그러고 있더니 지갑을 열었다.

"아껴 써."

강사료를 받아도 교통비와 식대로 쓰고 나면 늘 마이너스라 용돈은 아내한테 받아 썼다. 같은 아파트 단지에 살면서 수시로 집을 들락거리는 장모는 아내 옆구리에 빌붙어 사는 나를 빈대라며 대놓고 무시했다. 괄시도 오래 받다 보니 무디어져 이젠 두 여자가 무슨 말을 해도 한 귀로 듣고 흘렸다.

"애, 일 좀 줄여라. 그래야 애가 들어서지 않겠니. 병원에선 아무 이상이 없다며?"

오매불망 손주를 기다리는 장모는 같은 말을 반복했다.

"또, 또 그 소리."

"낳기만 하면 내가 키워준다니까. 아니다. 빈둥거리는 차 서방도 있었네. 요즘은 남자도 육아를 많이 한다더라. 육아 휴직이란 것도 있고. 네 나이 마흔둘이다. 이젠 낳고 싶어도 못 낳아 이것아!"

장모는 모든 일에는 때가 있는 법이라며 아내를 닦달했다.

"임신이 잔소리로 되는 것이었으면 열 명도 낳았겠다."

모녀는 늘 같은 문제로 언쟁했고 토라져 며칠씩 연락을 끊고 지냈다.

아내가 전화를 받지 않으면 장모는 내게 전화해서 근황을 물었다. 일주일에 한두 번 밑반찬을 들고 와 냉장고를 채우며 딸한테 서운했던 마음을 나한테 퍼부었다. 나는 아내가 소화불량인지 소화제를 더 자주 먹는다고 말해주었다.

"남편이라고 있는 게 돈을 벌길 하나 듬직하길 하나. 그러니 희주가 먹는 족족 체하지."

마지막엔 항상 그래왔듯이 손주 보고 싶은 마음을 내 무능력과 결부시켰다. 경제적 능력이 없는 건 인정하지만, 아내 소화불량까지 내 탓으로 돌리는 건 억울했다. 일 욕심이 많은 아내와 각방을 쓴 지 몇 년이 되었다. 가끔 서로를 안을 때도 있지만 띄엄띄엄해 선지 장모가 원하는 손주를 안겨주지 못하고 있었다. 아내는 아이보다는 사업 확장과 일이 우선이었다. 그 앞에서 잠자리 이야기를 꺼냈다가 무안당한 뒤로는 먼저 원하지 않게 되었다. 이런 사실을 알 리 없는 장모는 헬스클럽에서 키운 내 복부와 엉덩이 근육을 비웃었다.

카메라 가방을 메고 일어섰다. 코끼리 테라스와 따프롬 사원까지 찍으려면 시간이 촉박했다. 어딘가에 몰두해야 입속 고통을 잊을 수 있을 것 같았다. 채광이 좋은 시간 때라 작업하기는 좋았다. 11시가 되자 관광객 수가 배로 늘었다. 걸음을 뗄 때마다 사물이 흔들렸다. 비틀대자 여자가 뛰어와 내 팔을 잡았다. 나는 뒷걸음질 쳐 앙코르 톰 바욘 사원이 바라다보이는 돌계단에 주저앉았다. 두 다리 사이에 상체를 구겨 넣고는 손아귀에 힘을 주어 관자놀이를 눌렀다.

"괜찮아요?"

목소리에 걱정이 묻어났다. 한국어가 제법 유창해서 어디서 배웠느냐고 물었다.

"언니."

그녀는 그 나이 또래의 수다스러움과 조심성이 섞인 말투로 한국 남자와 결혼한 언니 이야기를 들려주었다.

"언니가 초대장 보내 준다고 했어요. 그래서 한국어 아주 열심히 공부해요."

상기된 얼굴이 귀여웠다. 미래에 대한 기대가 있는 여자의 모습은 내 수업을 듣던 학생들과 다르지 않았다.

"한국 사람 반가워요. 언니 생각 많이 나요."

정확한 발음을 하기 위해 단어 선택에 최선을 보이는 여자의 콧잔등에 땀이 맺혔다.

"이런, 주스를 내가 다 마셔버렸네. 새로 사 줄게요."

나는 빈 잔을 눈앞에 들어 올리며 난처한 표정을 지었다.

"아니에요. 제가 마시라고 주었어요. 괜찮아요."

여자가 손사래를 쳤다. 썸낭도 저렇게 자주 손을 저었다. 괜찮다고 자기가 다 할 수 있다고. 그녀는 어디 있을까. 인사도 없이 사라질 이유가 있었던가. 캄보디아에 오긴 한 걸까?

시간이 흐르면 좋아질 줄 알았던 몸은 고온다습한 기온으로 더 처졌다. 요 며칠 두 시간 이상 자 본 적이 없었다. 입속은 아프고 갈증은 계속되었다. 가방에서 생수병을 꺼냈지만 빈 통이었다. 없는 줄 알면서도 생수병을 거꾸로 들고 혀 위에 대고 털었다. 머리에 난 땀이 등줄기를 타고 흘렀다. 썸낭이 애인이랑 씨엠립으로 돌아갔다는 말을 식당 주인에게서 들었다. 믿고 싶지 않지만, 란제리 촬영이 있는 날 썸낭은 나타나지 않았다. 늘 30분 전에 와서 옷을 갈아입고 준비하던 그녀였다.

아내는 급하게 다른 모델을 섭외했고 무책임한 그녀를 가만두지 않겠다고 별렀다.

"나한테 이러면 안 되지. 동생처럼 챙겨준 거 너도 알지?"

아내는 흥분해서 얼굴이 붉으락푸르락했다.

"사정이 있겠지. 그럴 사람이 아니잖아."

"사정은 무슨. 네가 걜 어떻게 안다고?"

몇 마디 더 하면 싸움이 될 것 같아서 입을 다물었다.

"걔가 원래 남자관계가 복잡하다고 식당 아줌마도 말했어. 나이 많은 남편도 죽은 게 아니라 도망친 거라더군."

아내는 뿌리 없는 소문을 바짓단에 묻은 먼지처럼 털어냈다. 식당 주인 말만 듣고 근거 없이 지껄이는 아내가 실망스러웠다. 나는 반바지 주머니에 휴대전화를 넣은 뒤 슬리퍼를 끌고 아파트 단지를 빠져나왔다. 썸낭이 '아저씨'라고 부르면서 나타날 것 같아서 어둑해진 도로변을 오래도록 바라보았다. 그녀의 길고 검은 탐스러운 머리칼, 가무잡잡한 피부, 가늘고 긴 팔다리가 몹시 그리웠다. 나쁜 일이 생기지 않았으면 좋겠다 싶다가도 인사도 않고 사라진 게 서운했다.

썸낭을 만난 건 1년 전 7월이었다. 일을 마친 아내를 태우고 퇴근하던 길이었다. 그날따라 주문량이 밀려 밥때를 놓쳤다. 차에 오르자마자 아내는 허기가 진다고 했다. 나는 집으로 가는 방향으로 차를 몰며 먹을 만한 곳을 찾았다. 아홉 시가 넘어서 맛있는 집보다는 빨리 먹을 수 있는 메뉴가 좋을 것 같았다. 때마침 아내가 칼칼한 음식이 당긴다고 했고 순두부 전문집이 눈에 띄었다. 화환이 놓여 있고 플래카드가 펄럭였다. 오가는 길에 본 적이 있는 식당이었다. 빠르게 주차한 뒤 식당 안으로 들어갔다. 테이블이 텅 비었다. 카운터에도 사람이 없었다. 엉거주춤 서 있는데 주방에서 아주머니 한 분이 고개를 내밀고는 영업이 끝났다고 소리쳤다. 금방 먹고 가겠다고 해도 반응이 시큰둥했다. 네가 하는 짓이 그렇지, 라며 다른 때 같으면 짜증을 냈을 텐데 지금 아내는 그럴 힘도 없는 모양이었다.

"옆집으로 갈까? 장어가 있던데…… 굽는데 시간은 좀 걸리겠지만……."

눈치를 보면서 물었다. 그러자 아내는 주방이 있는 쪽으로 몇 발짝 걸어가더니 큰소리로 주인을 불렀다.

"배고파서 온 손님을 내보내면 되겠어요? 공짜로 달라는 것도 아닌데."

그러자 아주머니는 재료가 떨어졌다는 핑계를 대더니, 편한데 앉으라고 했다. 밥집을 해본 경험이 없는 건지 원래 성격이 무뚝뚝한 건지 알 수 없었지만 아쉬운 쪽은 우리여서 출입구와 가까운 자리에 앉았다.

테이블 위에 세팅된 종이컵이 있었다. 물을 따라서 아내에게 주었다. 내 돈 주면서 먹는 데도 사정하는 세상이네. 아내가 구시렁댔다. 예정대로라면 7시에 작업이 끝나야 했지만, 완벽주의자인 아내는 원하는 장면이 나올 때까지 촬영을 계속했다. 모델도 나도 지쳤다. 한 컷만, 한 컷만 더 한 것이 아홉 시를 넘겼다. 모델에게 미안했다. 함께 저녁을 먹자고 했더니 약속이 있다며 옷을 갈아입고 나가버렸다.

잠시 기다리자 젊은 여자가 밑반찬이 든 쟁반을 들고 왔다. 한눈에 봐도 눈에 띄는 외모였다. 아내와 나는 그녀가 테이블 위에 반찬을 세팅하는 모습을 관심 있게 지켜보았다. 마르고 키가 컸다. 긴 목선이 예뻤고 팔다리는 길쭉했다. 지쳐있던 아내 눈이 반짝 빛났다.

"보기 드문 비율이야."

날씬하고 어린 여자만 보면 자신이 만든 옷을 입혀 보고 싶어 하는 아내의 사냥 본능이 또 나왔다. 일과 관련된 것이면 어디서 건 촉을 세우는 아내의 프로정신에 감탄할 때도 있지만 인간을 도구로 여기는 태도는 옳지 않았다. 세상 경험이 적은 여자들에게 허영심이란 헬륨가스를 채워 공중에 띄워주는 면이 없잖아 있었다. 노동 시간에 비해 짭짤한 수입을 낼 수 있는 조건 때문에 외모에 자신 있는 애들이 주로 찾아왔다. 길거리 캐스팅을 할 때도 있었다. 설득하는 과정에서 돈을 더 얹어주거나 브래지어와 팬티, 란제리를 선물로 안겨주기도 했다. 돈 대신 속옷을 가져가겠다는 여자도 있었다.

"맛이 어때요? 급하게 끓여냈는데."

주인 여자가 말을 붙였다. 음식은 맛이 없었다. 인공조미료를 과하게 쳤고 고춧가루는 필요 이상으로 풀었다. 서빙하는 아가씨만 아니었다면 아내 성격에 그냥 나갔을 것이다.

"저 아가씬 여기 직원인가요?"

아내가 물었다.

"아, 썸낭이요? 캄보디아 출신인데 일한 지 한 달 좀 지났어요."

눈과 코에 비해 입이 유난히 큰 아주머니가 손을 앞치마에 닦으며 말했다.

"한국말도 잘하나요?"

"그럼요. 강원도에서 산 적이 있대요. 서른 살 많은 남자랑 결혼했었나 봐요. 옥수수 농사를 지었는데 결혼한 지 3개월 만에 남편이 심장마비로 죽었대요. 애가 안 들어섰으니 다행이지 그랬더라면 꼼짝없이 거기 묶였겠죠."

아내는 그럼 그렇지, 하는 얼굴로 고개를 끄덕였다. 배는 고팠지만 먹고 싶은 마음은 없었다. 밑반찬으로 나온 시금치 무침과 총각무는 너무 짰고 밥은 질었다.

"똥 손으로 음식점을 하는 건 손님에 대한 민폐야!"

집에 온 아내는 속이 니글거린다며 장모가 담근 총각무를 꺼내 밥을 더 먹었다.

자주 순두붓집을 찾았다. 처음에는 말없이 밥만 먹고 나왔다. 맛이 있고 없고는 상관이 없었다. 그녀가 홀을 오가는 모습을 보는 것으로 행복했다. 저녁을 먹은 뒤 카메라를 PC에 연결해서 낮에 작업한 사진을 홈페이지에 올렸다. 괜히 기분이 설레서 아내나 장모가 하는 잔소리도 웃고 넘겼다. 일방적인 감정인 줄 알면서도 그녀의 행동 하나하나에 의미를 부여하기 시작했다. 성냥,

성냥……. 잠들기 전 그녀 이름을 성냥으로 부르며 혼자 장난을 쳤다. 유치하지만 소년으로 돌아간 기분이었다. 하얀 치열과 매끈한 종아리, 음식을 테이블에 놓을 때 그릇끼리 부딪치지 않게 조심하던 손가락, 가늘고 긴 손을 상상하는 것만으로 기분이 좋아졌다.

꿈에서 그녀를 보았고 만났고 손을 잡았다. 세수하다가 거울을 볼 때, 사진 보정 작업을 하다가도 갑자기 멍해졌다. 사람을, 그것도 여자를, 마음에 들인 건 40년 만에 처음이었다. 아내와는 애틋함을 느낄 새도 없이 결혼했다. 두 살 연상인 아내는 적극적이고 저돌적이었다. 모텔로 나를 데리고 간 것도 그녀였다. 그때 왜, 아내가 나의 미래를 쥐락펴락할 걸 예감하지 못했을까.

동대문시장에 가는 날이면 아내는 새벽 2시에 나를 깨웠다.

"발로 찼어?"

엉덩이를 툭툭 건드리는 게 손이 아닌 발 같아서 기분이 상했다.

"꿈꾸니? 스스로 좀 일어나 봐. 언제 철들래?"

아내는 방에 불을 켜고는 문을 열어둔 채 나갔다. 나는 이불을 끌어당겨 얼굴을 덮었다. 짜증이 나다가도 썸냥을 떠올리면 입가에 미소가 지어졌다. 더러워도 아내 비위를 맞추기로 했다. 용돈만 더 생긴다면 수직적 태도쯤이야 얼마든지 참을 수 있었다.

하루에 순두부를 두 번 먹을 때도 있었다. 나중에는 입에서 순두부 냄새가 났다.

"너 언제부터 순두부 좋아했어?"

어느 하루 아내가 진지하게 물었다.

"그 그게…… 무슨 말이야?"

"몰라서 묻니?"

당황해서 입맛이 바뀌었다는 말을 하는데 아내가 빤히 바라보는 바람에 물을 마시다가 사레에 걸렸다. 카드로 계산할 때마다 아내에게 즉각 알림이 간다는 걸 잊고 있었다. 멍청이. 이러니 재임용에서 매번 탈락하는 거야. 자괴감이 들면서 자신이 싫어졌다.

아내는 나를 앞에 세워 두고는 유치원생 나무라듯 훈계했다. 그날 나는 종일 빈방에 짜그라져 있다가 아내 명령을 받고 온라인에 상품 홍보 글과 사진을 올렸다. 순두붓집에 갈 수 없어 어깨가 처졌다.

아내가 썸낭을 모델로 기용한다고 했을 때 늘씬하고 예쁜 우리나라 애들도 많은데 왜 동남아 여자를 쓰느냐고 반대했다.

"내 마음이야. 언제부터 내 일에 참견했어?"

결혼한 지 10년이 지나도 아내는 나를 후배로 대했다. 호칭도 안 고쳤다.

"별것도 아닌 게 삼고초려 시키더라고."

아내는 콧방귀를 뀌었다.

속옷을 입은 그녀를 촬영할 수 있다는 기대감보다 순수하고 아름다운 썸낭을 혼자 볼 수 없는 게 마음 쓰였다. 그녀를 찾아가 모델 안 하면 안 되느냐고 물었다. 그러자 썸낭은 이미 결정한 일이라고 했다. 덧붙여서 자신은 돈이 필요하다고 했다. 그녀의 말을 듣는 순간 무능하지 않다면 그녀를 도울 수 있었을 거란 생각에 낙담했다. 패기와 도전의식이 없다고 아내에게 매번 잔소리를 들으면서도 빌붙어 사는 데 딱히 불만이 없었는데 처음으로 좀 더 열심히 살지 않은 게 후회되었다. 그녀는 한국에서 번 돈 대부분을 캄보디아에 살고 있는 가족에게 송금한다고 했다. 아버지와 오빠가 신부전증을 앓고 있어 돈을 보내지 않으면 가족 생사가 위험한 모양이었다.

썸낭이 입고 찍은 속옷은 잘 팔렸다. 그녀는 섹시하고 귀여운 스타일을 잘 소화했다. 피부가 가무잡잡한데도 레이스 달린 블랙 속옷이 잘 어울렸다. 화이트나 아이보리 색은 우아하고 화사했다

"몸매를 돋보이게 하려면 속옷을 잘 갖춰 입어야 해."

아내는 어떡하면 제품을 더 돋보이게 할지 아는 여자였고, 여자의 몸을 끊임없이 연구했다. 란제리를 입은 썸낭에게 킬힐을 신겼고 팔찌나 귀고리를 해서 화보를 찍게 했다. 균형이 잘 잡힌 몸이라 어떤 제품도 완벽하게 소화했고 장점을 최대치로 끌어올

렸다. 작업시간이 길어지면 썸낭은 몸을 앞뒤로 젖히며 허리를 두드렸다. 안쓰러운 마음에 빨리 끝내주고 싶어서 나름 애썼지만 까다롭게 구는 아내 때문에 매번 예정된 시간보다 늦게 끝났다.

신제품을 올리면 곧바로 주문이 들어왔다. 마니아들은 팬티, 브래지어뿐만 아니라 올인원과 란제리, 가터벨트를 골동품처럼 사 모았다. 재구매율이 높은 고객은 우량고객으로 분류해서 특별 관리했다. 일정 가격 이상을 구매하면 서비스로 사은품을 보내는 일도 잊지 않았다. 우수 고객을 위한 특별 이벤트는 인기가 좋았다. 그중엔 남자도 있었다. 아내나 여자 친구한테 선물하는지 다른 용도가 있는지는 알 수 없지만, 신상품의 첫 구매자로 등급이 되는 일이 종종 있었다. 썸낭이 입은 것과 같은 제품을 주문하는 이들이 특히 많았다. 입으면 그녀처럼 섹시하고 우아하고 귀여워지는 줄 아는 모양이었다.

"썸낭에게 보너스라도 좀 챙겨줘야 하지 않겠어?"

"무슨 말이야? 잠 안 자고 디자인하고 연구한 건 난데."

아내는 기분이 상한 눈초리로 째려보았다.

"모델 역할도 크잖아."

"대신 돈 주잖아. 걔가 공짜로 일해? 얼마나 영악한데."

인센티브를 챙겨주면 더 열심히 일할 거라는 내 말에 아내는 잘 해주면 그 이상을 바라는 게 인간이라며 그딴 충고 집어치우고 내 앞가림이나 잘하라고 했다. 말로 아내를 이겨본 적이 없어서 입을 다물었다. 계속 내 주장을 하면 이상하게 여길 수도 있었다. 철두철미한 성격에 공사가 분명해서 고생한 직원에게는 뭐라도 꼭 챙겨주는데 이상하게도 썸낭에게는 야박하게 굴었다.

"차대기 요즘 왜 그래? 안 마시던 술을 다 퍼마시고…… 그렇게 해서 가을학기에 재임용되겠어? 강의 평가서 또 형편없는 점수 받았다며? 그럴 줄 알았어. 넌 학부 때도 그랬어. 똑 부러지게 하는 게 없었잖아. 어휴, 내가 눈이 삐었지."

아내는 걸핏하면 눈이 삔 선택이었다며 한숨을 쉬었다.

"너 비전 없는 강사 자리에 미련 두지 말고 내 조수나 해. 사진 찍어 올리고 쇼핑몰 관리 잘하란 말이야. 앞으로 홈쇼핑 방송하면 방송국도 수시로 들락거려야 하니까 정신 똑바로 차리고."

고용인의 말투였다.

"직원 있잖아. 난……."

"넌, 뭐?"

그녀는 내가 성공하는 것도 돈을 버는 것도 바라지 않았다. 자기 곁에 두고 추추처럼 부르면 달려가고, 시키는 일만 잘하면 경제적인 부분은 책임져 줄 여자였다. 우유부단해서 좋은 것도 싫은 것도 특별히 없고 꿈이라곤 가늘고 길게 사는 게 전부였던 내 성격에 아내는 안성맞춤이었다. 때때로 불만을 토로하는 내게 외벌이인 친구는 제수씨 같은 여자가 어디 있느냐며 모시고 살라고 했다.

"너 중학교 때부터 엄마나 누나 같은 여자가 이상형이었잖아."

맞는 말이었다. 나는 잊고 있던 일을 그 자식은 잘도 기억하고 있었다.

사실 지금껏 큰 불만 없이 살았다. 장모나 아내가 잉여 인간이 라고 해도 듣고 잊었다. 아내가 추추와 나를 나란히 두고 혼내도 눈 딱 감고 견뎠다. 문제는 개도 나를 만만히 여겨서 아내에게는 고분고분 꼬리를 흔들면서 내겐 이를 드러내며 앙앙거렸다. 쥐방 울만 한 놈도 어느 쪽에 붙어야 콩가루가 떨어지는지 아는 것 같 았다.

바욘 사원은 더웠다. 무뚝뚝한 석상이 흔들리는 지, 내가 흔들 리는지 모르겠다. 썸낭은 어디 있을까. 말도 없이 사라질 사람이 아닌데…… 씨엠립에 올 때 썸낭을 만날 수 있다는 기대감이 없 지 않았다. 본국으로 돌아갔을 것이란 주인 여자의 말 때문이었 다. 그녀가 애인과 왔더라도 한번은 만나서 제대로 된 작별을 하 고 싶었다.

촬영이 없는 날 썸낭은 순두붓집에서 서빙을 계속했다. 악착 같이 일했고 돈을 벌면 가족에게 송금했다. 어려서부터 가장이었 던 그녀는 20대 중반부터 전적으로 집안 경제를 책임졌다. 그 마 음이 예뻐서 용돈을 모았다가 송금할 때 보태주었다. 그녀가 불 편해하면 아내 일을 잘 도와주어서 수입이 는데 대한 보너스라고 했다.

"도움이 되었다니 기뻐요."

그녀는 웃으며 나를 멋진 사진가라고 엄지 척을 해주었다. 순간 대우받는 기분에 어깨가 올라갔다. 남자가 된 기분. 좋아하는 여자한테 존중받자 사라진 줄 알았던 남성성이 살아났다.

"아저씨 사진엔 이야기가 있어요. 피사체를 바라보는 눈이 특별해요."

말에 가식이나 거짓은 없어 보였다. 그녀 옆에 있으면 나인 게 자랑스러워 웃을 때 광대가 볼록해지는 썸낭을 사랑스럽게 바라보곤 했다.

널브러지듯 돌계단에 기대앉아 여자를 바라보았다. 뒤돌아볼 만큼 예쁜 얼굴은 아니지만 길고 늘씬한 팔다리가 썸낭과 닮았다. 가까이서 보니 더 앳되어 보인다. 열일곱보다 많지 않을 것 같은데 스물하나라고 했다. 썸낭보다 네 살이 어리고 내 강의를 듣는 아이들과는 같은 연령대였다. 그녀의 까만 머리칼이 햇빛에 반짝거렸다. 나는 습관처럼 관자놀이를 눌렀다. 붕어처럼 입을 조금 벌려 숨을 쉬었다. 입술이 바짝바짝 말랐다. 여자가 카메라를 요리조리 돌려가며 만지고 셔터를 눌러 눈앞의 풍경을 찍었다. 아내도 못 만지게 하던 것인데 저게 다 무슨 소용인가 싶어서 가만 내버려 두었다. 그 무엇도 의미가 없게 느껴져 방금 부모 손을 잡고 눈앞으로 지나간 꼬맹이의 손에 든 아이스크림처럼 녹아 버렸으면 좋겠단 생각이 들었다.

그늘로 가서 좀 눕고 싶었다. 자세를 바꿔 앉으며 나도 모르게 않는 소리를 냈다. 여자가 손수건을 꺼내 이마를 눌러주었다. 낯선 이방인에게 친절한 그녀가 고마웠다. 말할 때 그녀 입에서 망고 냄새가 났다. 썸낭도 망고 주스를 좋아했다. 카페에 갈 때마다 망고 주스를 시켰다.

"주스가 그렇게 좋아?"

"구원의 시간이니까요. 이 시간이 제가 누리는 최고의 사치예요."

그 말을 하며 썸낭은 창밖 어느 한 곳을 물끄러미 바라보곤 했다.

어느 새벽 호수를 뒤덮은 물안개처럼 그녀가 왔고 해가 뜨자 사라졌다. 그녀가 존재하였다는 증거는 사진밖에 없었다.

"야. 너 초보야? 속옷 입은 모습을 찍어야지. 얼굴을 찍으면 어떡해?"

나도 모르게 썸낭 얼굴을 찍은 걸 아내가 보았다.

"너 쟤 좋아하니?"

아내가 눈을 새초롬하게 뜨며 물었다. 말도 안 되는 소리. 필요 이상으로 화를 내는 나를 아내가 빤히 바라보았다.

지난 일들이 두서없이 머릿속을 떠다니다 사라지길 반복했다.

지금은 없는, 어디에도 없지만 내 마음에는 있는 여자 때문에 캄
보디아까지 왔다. 못났다. 참 못났다. 만나서 뭘 어쩌자는 계획
도 없이. 아내의 핀잔을 들어도 싸다. 한심한 몰골로 크메르 제국
의 혼이 깃든 인면상을 바라보았다. 거대한 돌이 웃고 있었다. 비
웃는 걸까.

"물 좀 사다 줄 수 있어요?"

넋 놓고 있으면 안 될 것 같아서 여자에게 부탁했다. 그녀가
카메라를 옆에 놓더니 일어섰다. 주머니에서 돈을 꺼내 주자 원
피스 자락을 팔랑대며 뛰어갔다. 햇살이 살갗을 쿡쿡 찔렀다. 나
는 가방에서 선글라스를 꺼냈다. 썸낭이 사라진 날부터 불면의
밤이 이어졌다. 나이보다 몇 년은 늙은 것 같다. 아내 말처럼 패
기도 의욕도 사라진 얼굴이다.

출국 하루 전날 혹시나 하는 마음에 식당에 갔었다. 아주머니
는 어서 오라는 형식적인 인사도 하지 않고 또 왔느냐는 표정을
짓더니 빈 그릇을 쟁반에 아무렇게나 포개 얹었다.

"썸낭 말이에요. 착한 줄 알았는데 그게 아니었어요. 내가 사
람을 잘못 봤다니까. 얼굴이 곱상하고 몸이 호리호리해선지 그
애를 보러 오는 남자 손님이 많았어요. 본국에서 온 애인도 있었
어요. 가끔 남자 손님이랑 나간 것 때문에 둘이 싸웠어요. 저쪽에
서!"

아주머니가 식당 밖 골목 어딘가를 가리켰다.

"그럴 리가요?"

"어휴, 몇 번을 얘기해야…… 둔한 거예요?"

식당 주인은 썸낭의 연애 장면을 목격이라도 한 것처럼 행실을 두고 마음대로 지껄였다.

"그래도 걔 때문에 손님이 많았는데…… 하여간 남자들이란, 얼굴 반반하고 몸매 좋은 여자만 보면 수캐들처럼 몰려든다니까."

한 무리의 중국인 단체관광객이 크메르 왕조의 종교관이 습기처럼 녹아 있는 바욘 사원 앞에서 기념촬영을 하고 있는 게 보였다. 촬영이 끝나자 팻말을 든 가이드를 따라 개미 떼처럼 사라졌다. 가게가 멀리 있는지 여자는 감감무소식이었다. 볕은 더 뜨거워지고 기운은 없었다. 아무래도 이 컨디션으로 작업은 어려울 것 같았다. 여자가 돌아오면 게스트하우스로 돌아갈 생각이었다. 이마에 맺힌 땀을 손으로 닦아내는데 여자가 뛰어오는 게 보였다. 그녀가 내 앞에다 숨을 학학 뱉어냈다. 얼굴이 새빨갛게 익어서 건강해 보였다.

물 한 병을 단숨에 마셨다. 여자는 다시 카메라를 만졌다. 렌즈에 눈을 대고 석상을 향해 몸을 돌리더니 셔터를 눌렀다. 아프지 않았다면 코끼리 테라스와 바푸욘 사원까지 찍고 내일은 씨엠립에 가서 썸낭이 말하던 파더스 레스토랑을 찾아볼 생각이었다. 그녀가 오토바이를 타고 오갔던 거리에서 며칠 지내고 싶었다. 썸낭이 좋아한다는 카레 요리인 아목과 소고기 록락을 먹어 볼 생각이었다. 그렇게라도 그녀를 느끼고 가야 잊을 수 있을 것 같았다.

물을 너무 급하게 마셔선지 속이 메슥거렸다. 화장실에 가고 싶었다. 여자에게 카메라 가방을 맡기고는 화장실을 찾았다. 가다가 돌아보니 여자가 발가락 먼지를 털어내다 이쪽을 보고 있었다.

화장실 거울 앞에서 입속을 관찰했다. 상처 부위가 더 넓어졌다. 혀를 굴리다가 상처를 건드렸다. 끔찍한 통증에 눈물이 쏙 빠졌다. 세면대를 붙잡고 있는데 입술 사이로 비칠비칠 웃음이 새어 나왔다. 내가 생각해도 한심했다. 뭐 하는 짓인가 싶었다. 아픈데, 정말로 많이 힘든데 어디가 아픈지 알 수 없었다. 입속인가 해서 보면 마음이고 다시 보면 땡볕이 원인인 것도 같았다. 무엇 하나 분명해지지 않은 상태인 게 견디기 힘들었다.

거울 속 나를 관찰했다. 튀어나온 광대, 퀭한 눈동자, 벌어진 입술. 누구인가? 이곳에서 뭘 하고 있지? 손에 물을 받아 거울에 끼얹었다. 내 모습이 갈라지고 일그러져 형태가 무너져 보였다.

머물던 자리로 돌아왔다. 여자가 근처를 돌아다니며 사진을 찍고 있었다.

"사진에 관심 있어요?"

그녀가 화들짝 놀라며 카메라를 든 손을 아래로 내리며 미안한 듯 생긋 웃었다.

"렌즈로 보면 세상이 달리 보여요. 분명 같은 모습인데 아닌 것도 같아 신기해요."

"그게 사진의 매력이죠. 거리, 각도, 위치, 초점에 따라 전혀 다른 장면이 나오니까요. 특히 광선이 중요하죠. 그래서 빛의 예술이라고도 합니다."

그녀는 기초적인 내 말에 감탄한 듯 엄지 척을 해 보였다. 상대를 기분 좋게 하는 여자한테 보답하고 싶어서 인물 사진을 여러 장 찍어주었다.

"언제 받을 수 있어요?"

여자의 말에 대꾸하지 않았다. 언제? 라는 말이 너무 아득하게 들렸다. 어쩌면 영원히 만날 수 없을지 모른다.

"고마웠어요. 덕분에 좀 살아났어요."

여자가 기분 좋게 웃었다. 망고 주스를 내가 마셔서 보답을 하고 싶어서 가까운 데 카페가 있는지 물어보았다.

"배가 고파요."

그녀가 추천하는 레스토랑에 갔다. 썸낭이 즐겨 먹었다는 소고기 록락과 아목도 시켰다. 이걸 다 먹을 수 있어요? 여자가 눈을 동그랗게 떴다. 아목은 생선살이 들어 있어 부드러웠지만 그렇다고 먹을 때 고통이 안 느껴지는 건 아니었다. 그게 무엇이든 상처가 낫기까지는 견뎌야 할 일이었기에 조금씩 입에 넣었다. 썸낭도 이곳에 왔겠지. 이 자리에 앉아 다른 사람과 밥을 먹었을 수도 아닐 수도 있다. 여자는 배가 고팠던지 소고기 록락을 오물오물 맛있게 먹었다. 먹는 모습이 예뻤다. 앙코로 맥주를 주문했다. 차가운 게 들어가니 살 것 같았다.

"아까 보여 준 사진…… 누구예요?"

나는 대답 대신 앞에 놓인 잔을 들었다. 잠깐 만났다 사라진 걸 어떤 사이라고 해야 할까? 만난 게 맞긴 한 걸까.

"애인?"

여자가 다시 물었다. 나는 천천히 고개를 저었다.

"그럼 왜 찾아요?"

대답하지 않았다. 제대로 된 작별을 하고 싶어서란 말을 하면 비웃을 것 같았다. 여자가 자기를 찍은 사진을 보여 달라고 했다. 그녀가 사진을 구경하는 동안 화장실에서 손을 씻고 나왔다.

여자가 앉았던 자리에 여자는 없었다. 카메라도 보이지 않았다. 밖으로 나왔다. 씨엠립의 밤거리를 걸었다. 무심코 혀를 움직였는데 찌릿한 통증이 느껴졌다. 아직 아물지 않은 상처는 아프면서 시원했다.

그림자놀이

그림자놀이

열흘 뒤 입국한다는 아버지 전화를 받았다. 코로나 확진자가 줄자 차츰 일상이 회복되는 분위기였다. 하늘길도 조심스레 열렸다. 통화를 끝내고 나자 균열이 시작된 건물에 갇힌 듯 불안했다. 입구가 폐쇄되어 건물이 무너지면 압사당할 수 있다는 두려움이거나 늘어난 테이프에서 재생되는 영화음악을 강제적으로 듣고 있어야 하는 불편함 같기도 했다. 2년 전 나는 프랑스에서 먼저 입국했고 아버지는 차후를 기약했다. 함께 들어오지 못한 건 엄마를 데려오는 문제와 표 사장과의 문제가 정리되지 않아서였다.

일상이 회복되면서 대학가는 활기차졌다. 여전히 마스크로 입과 코를 막고 있지만, 눈빛엔 생기를 더했다. 거리두기가 완화되자 캠퍼스는 마녀의 저주에서 풀린 정원처럼 웃음소리로 채워졌다. 교정 벤치에 앉아 물고기 지느러미처럼 흔들리는 단풍을 바라보며 햇빛바라기를 하고 있는데 효정이 달려와 옆에 찰싹 달라붙어 앉으며 팔짱을 꼈다. 상큼한 라벤더 향이 코끝에 달라붙었다. 매직으로 강하게 당긴 검은 머리카락이 바람에 날렸다.

"얼마 만이야. 오빠랑 앉아 햇볕 쬐며 하늘 보는 거."

"그래."

"뭐야. 그 말투. 386세대도 아니고. 우리 매운 떡볶이 먹으러 가자."

나는 효정의 손에 연행되듯 이끌려 학교 앞 분식집으로 갔다. 핵폭탄 격 떡볶이를 땀과 눈물을 흘려가며 먹었다.

"넌, 누굴 용서해 본 적이 있니?"

뜬금없는 내 말에 효정은 눈을 동그랗게 떴다. 빨간 양념이 묻어 색이 도드라진 입술을 뾰족 내밀며 무슨 뜻이냐는 표정을 지었다. 그녀의 얼굴을 보고 있으니 질문이 적합했는지 의문이 들었다. 용서가 아니라 사물을 잘못 인식한 적이 있느냐고 수정해야 할 것도 같았다. 효정은 포크를 든 손으로 턱을 괴고 한참을 골똘한 생각에 빠져 있더니 고개를 갸웃대며 조심스럽게 입을 뗐다.

"오빠가 용서하면 그 사람 죄가 없어져?"

의외의 질문에 당황했다. 애매하게 고개를 끄덕였지만, 편집이 잘못된 영상을 보는 기분이었다.

밖으로 나온 우리는 뭔가 대단한 일을 해낸 사람들처럼 숨을 하, 하 몰아쉬며 웃었다. 입과 코를 가리지 않고 얼굴을 공기 중에 내놓고 떠들 수 있어서 좋았다. 낯선 도시로 순간 이동한 듯 모든 게 신기하고 새롭고 신선했다.

효정을 전철역까지 배웅한 뒤 고시원으로 들어왔다. 가슴이 따끔거렸다. 원래 매운 음식을 좋아하지 않는데 효정에겐 그 말을 하지 않았다. 스마트폰에 반찬 만들어 놨다는 큰어머니의 메시지가 들어와 있었다. 귀국 후 큰아버지 집에서 생활하다가 대학생이 되면서 곧바로 독립했다. 오랜만에 들은 아버지 목소리는 3년 전과 같았다. 입국 후 한동안 아버지 전화를 받지 않았다. 왜 연락이 안 되느냐고 물으면 수업 중이었다거나 배터리가 제로였다고 둘러댔다. 아버지는 잠적했던 표 사장을 찾았고 일이 조금씩 해결되고 있다는 근황을 장문의 메시지로 보내왔다. 무엇보다 엄마를 얼른 데려와서 꽃잠을 자게 해 주고 싶다고 했다. 나는 답장하지 않았다. 예, 라는 단답형의 문자조차 쓰고 싶지 않았다.

옷을 입은 채 침대에 누웠다. 엄마를 생각하자 마음이 쓰렸다. 건조한 눈을 끔벅이며 백열등을 올려다보았다. 매일 보는 건데 낯설다는 생각이 들었다. 모든 게 생소해 이 공간이 임시거처가 맞는지 의문스러웠다. 책장과 노트북, 손바닥만 한 창문 역시도 본 듯 안 본 듯, 내 것인 듯 아닌 듯 애매했다. 보이는 것이 언제

나 진실이 아니라던 아버지 말이 불현듯 생각났다. 그렇다면 의식 속에 낙인찍듯 프린트된 그 날을 어떻게 해석해야 할까.

아버지는 서울에서 수입 용품 사업을 했다. 경기가 좋든 안 좋든 명품을 찾는 마니아는 항상 있었다.

"물이 들어오고 있다."

아버지는 사업이 잘되는 걸 '물때'라고 했고 이를 놓치지 않았다. 판매량이 늘자 사업 확장을 해나갔다. 분주한 날이 계속되던 어느 날 새벽, 물류창고에 원인을 알 수 없는 불이 났다. 보관 중인 물건이 전소되었다. 해외 브랜드와 명품이 불타 손실이 컸다. 실의에 빠져 있던 아버지에게 밀라노에서 디자이너 겸 사업가로 활동하는 표준우 사장이 연락을 해왔다. 파리에서 패션쇼를 열 때마다 아버지한테 초대장을 보내오는 이였다. 그가 만든 옷은 실용성에 활동성, 세련미까지 더해 국내에서도 인정받는 브랜드였고 아버지와는 오랜 사업파트너였다. 화재 소식을 들은 표 사장은 아버지가 지불해야 할 물건값을 차감해 주었다.

"역시 큰일을 하는 사람은 배포가 다르더라."

아버지는 감사함과 초라함을 동시에 느꼈다고 했다. 그가 파리에서 라이브 런웨이를 개최하여 흥행에 크게 성공한 소식을 전하며 패션의 본고장인 프랑스로 와서 함께 일하자고 한 모양이었다. 아버지는 표 사장의 제안을 큰 고민 없이 받아들였다.

갑작스러운 이민 소식에 엄마와 나는 서울에 남겠다고 했다.

"가족은 함께 살아야 하는 거야. 나 혼자 잘되려고 이러는 거아니잖아. 일부러 돈 들여서 유학 가는 애들도 있는데 얼마나 좋은 기회냐."

아버지는 설득과 나무람을 반복했다. 멋대로인 아버지가 싫었다. 끝까지 고집을 부리자 고등학생이 패기와 도전정신이 부족하다며 호통까지 했다. 본인 생각만 옳다고 주장할 때 보면 초등학교 교장으로 퇴임한 할아버지를 보는 듯했다. 가부장적 권위의식이 몸에 밴 할아버지가 싫었다면서 나이가 들수록 닮아가고 있었다.

"우리에게도 결정권은 있잖아요."

"결정권은 무슨!"

"당신의 독선이 지호와 저를 힘들게 해요."

엄마는 한숨을 쉬었다. 그러자 아버지는 눈에 잔뜩 힘이 들어간 얼굴로 엄마를 쳐다보았다. 집안이 시끄러워지는 게 싫었던 엄마는 세탁실로 들어가 빨랫감을 정리했다.

"어차피 갈 거 분란 일으켜 사람 속 뒤집지 마라. 가뜩이나 골치 아픈 일 많은데 집에서라도 좀 편하게 있자."

아버지는 유산으로 받은 용인의 땅부터 처분했다. 새로운 일에 꽂히면 바로 추진하는 스타일이라 상의 없이 아파트도 내놓았다.

"당신은 어째서 그런 중요한 일을 독단적으로 처리하세요?"

조용하던 엄마도 이 문제만큼은 양보하지 않았다. 그러자 아버지는 이민 가는 데 집을 왜 두고 가느냐고 했다.

"우리가 돌아올 곳은 있어야 하잖아요."

"돌아오다니. 난 그곳에 정착할 생각인데. 괜히 성가시게."

말은 그렇게 했지만, 엄마가 머리 싸매가며 반대하자 집은 놔두기로 했다. 대신 정리할 수 있는 건 모두 처분해서 현금으로 만들었다.

"역시 내가 인생을 잘못 살아온 건 아니었다."

아버지는 하늘이 무너져도 솟아날 구멍은 있다는 구닥다리 유행어를 남발하며 표 사장의 초청을 그동안 본인이 쌓은 공덕으로 돌렸다.

이민 준비는 일사천리로 진행되었다. 이삿짐을 싸면서 아버지는 벽에서 가훈을 떼어내 짐가방에 넣었다. 화물로 부치면 될 것을 굳이 들고 가겠다고 우겼다. 가훈은 학교 교정 표석에 새겨진 글인데 할아버지가 직접 썼다. 면 소재지에 있는 초등학교는 할아버지가 마지막으로 근무한 곳이었지만 돌아가신 뒤 학생 수가 점점 줄어서 폐교가 되었다가, 지금은 지역 작가의 도자기 체험장으로 활용되고 있었다. 교정 화단에는 '바르게 살자'는 문구가 쓰인 표석이 그대로 있었다. 아버지는 친구의 인사동 서예작가 전시장에 가져가 표구로 제작해 벽에 걸어두었다. 바르게 사는 게 뭔데? 나는 가끔 그 정의가 궁금했다. 모두가 바르게 살면 저런 말이 필요하지 않았을 거란 생각에서였다. 어렸을 때도 그 질문을 했다가…… 바르게 산다는 건 말이다. 도둑질하지 않고, 거짓말하지 않고…… 부모에게 효도하고…… 인간 본성의 가장 기본값이며……. 몇 시간 동안 이어진 아버지 설교에 질려서 다시는 입에 올리지 않았다. 그날부터였을까. 이상하게도 가훈을 읽을 때면 반감이 생겼다.

사업을 하면서 아버지는 사회 다양한 계층의 사람들과 인맥을 쌓았다. 권력자들과 골프를 치고 국내외 유명 작가의 그림을 사 모았고 또 어느 때는 문화예술에 심취하여 공연에 투자했다. 늘 동분서주하면서도 가화만사성이라며 결혼기념일은 꼭 챙겼다. 엄마와 내 생일도 잊지 않고 있다가 손님들과 식사한 음식점이 괜찮다 싶으면 우릴 데려갔다. 엄마와 내가 뭘 좋아하는지 어떤 음식을 잘 먹는지에는 관심이 없었고 그 집에서 제일 잘하는 메뉴를 시켰다. 그게 아버지의 사랑법이었다. 출근할 때마다 그는 가훈 앞에 5초씩 정자세로 서 있었다. 엄마는 아버지의 행동이 괴기스럽긴 해도 마음을 다듬는 것이니 좋게 봐주라고 했다.

효정이와 먹은 매운 떡볶이로는 부족했는지 배가 고팠다. 고시원 공동주방으로 들어갔다. 밥솥을 열었다. 반 공기도 안 되는 밥이 밥솥 바닥에 눌어붙어 있었다. 누가 이런 얌체 짓을! 짜증이 올라왔다. 한두 번이 아니었다. 밥이 없으면 마지막에 먹은 사람이 쌀을 안쳐 취사를 눌러놓는 게 이곳의 암묵적 규칙인데 최근 규율이 자주 깨졌다. 분명 입주할 때 공지사항에 있는 내용인데 지키지 않는 소수가 있었다. 이기적인 놈이거나 공동체 생활을 모르거나 이것도 저것도 아니면 배고픈 이를 엿 먹이려는 수작이었다. 이런 한 놈 때문에 다수가 피해를 보는 거지. 그냥 넘기면 안 될 것 같았다.

밥이 되는 동안 달걀부침을 하고 냉장고에서 큰아버지 집에서 가져온 김치와 멸치를 꺼냈다. 밥을 먹은 뒤에는 공동화장실에 들렀다. 방에 들어가면 나오기 귀찮으니 내친김에 양치와 소변까지 봤다. 소변기에 앉은 파리를 범인이라 생각하며 조준했다. 방에 들어와 과제물을 하는데 효정에게서 문자가 왔다. 카타르 월드컵 거리응원에 나가자고 했다. 좋은 생각이란 답장을 보낸 후 배식구처럼 좁은 창문을 열었다. 해가 진 거리를 가로등이 환히 밝히고 있었다. 잠시 눈을 감았다. 오늘은 엄마 제사다.

프랑스 생활은 힘들었다. 바뀐 환경과 소통의 문제로 학교생활에 재미를 느낄 수 없었다.

"공부 열심히 해라. 친구는 가려 사귀고, 아버지가 지금 어떤 상황인지 너도 알 게다. 내가 밤낮 안 가리고 잠 줄여가면서 일하는 건 다 너를 위해서다."

도대체 저 말을 왜 하는지 모르겠다. 그게 어째서 나를 위한 건지 따지고 싶었지만, 큰소리 나는 걸 싫어하는 엄마 때문에 참았다. 아버지의 과한 부담과 노골적인 기대에 나는 말이 없어졌다. 학교에서 조심스러운 아이로 소문났다. 언어소통도 힘든데 타인에게 한 번에 훅 다가가는 성격이 아니어서 누군가 말을 걸어주길 기다렸다. 가장 먼저 친구가 된 애는 앙투안이었다. 외향적인 그는 첫날부터 내게 호감을 보였다. 그가 말을 시키면 아는 단어로만 간단히 대답해도 소통엔 큰 문제가 없었다. 앙투안은 곱슬머리에 피부가 희고 쌍꺼풀이 진했다. 성적은 하위권이지만 붙임성이 좋고 쾌활했다. 부모님은 카페를 운영해서 바빴고 양육자의 부재만큼 여유가 있어 돈을 잘 썼다. 매너는 좋았고 외모도 곱상해서 여학생들 사이에 인기가 많았다. 그는 여학생과 키스를 해보고 가슴도 만져보았다고 으스댔다. 내가 그 말을 믿지 않자 기회가 되면 보여주겠다고 했다.

나만큼이나 부모님의 파리 생활도 만만하지 않았다. 아버지는 항상 바빴다. 표 사장이 있는 밀라노 패션 거리에 가서 아이템을 구상했고 디자이너들과 만났으며 컬렉션을 찾아다녔다. 일이 너무 잘 풀려서 가게 계약까지 마쳤다. 오픈 일을 잡으면서 광고지와 팸플릿 제작까지 표 사장의 도움을 받았다. 그런 만큼 표 사장에 대한 신뢰는 깊었고 의존도는 높았다. 아버지는 약간 흥분한 상태였다. 조용히 지켜보던 엄마는 사람을 조심하라고 조언했다.

큰일을 겪고 가진 것 모두 털어서 남의 나라에 와서 시작한 일이라 걱정이 많을 수밖에 없었다.

"내가 경거망동하는 사람인가. 표 사장만 해도 알고 지낸 지가 20년이야. 믿을 만한 사람이니 걱정 안 해도 돼."

아버지 말에 엄마는 안도하는 듯 보였지만 사업하는 아버지와 살면서 가슴 졸일 때가 많았고 무엇보다 화재로 생긴 트라우마가 치유되지 않는 모양인지 살이 더 빠졌다. 모든 일은 소리 없이, 마치 일산화탄소처럼 고요히 삶에 스며들어 소중한 걸 앗아갈 수 있다는 경험이 심리적 공포로 이어진 듯했다.

오픈 일을 며칠 앞두고 오랜만에 가족이 모였다. 저녁 식탁에는 촛불과 꽃과 와인이 놓였다. 각자 앞에 놓인 잔에 와인과 음료를 채워 건배했다 크고 작은 잔걱정을 잊고 오랜만에 활짝 웃었다. 아버지는 패션의 고장 파리에서의 성공을 확신했다. 1년 안에 한국에서 입은 손해를 만회하겠다며 큰소리쳤고 나는 학교생활에 좀 더 충실해야겠다는 약속을 했다. 당신은? 아버지가 엄마한테 물었다.

"나야 뭐. 당신과 혁이를 위해서 건강 밥상을 준비하는 거죠."

"그렇지. 돈은 내가 버니까."

아버지는 기분 좋게 웃었다.

"엄만 왜 여기 와서도 밥만 해?"

내 말에 두 사람은 눈을 동그랗게 떴다.

"내가 뭘 했으면 좋겠니?"

엄마가 물었다.

"아니, 뭐…… 꼭 뭘 해야 하는 건 아니지만, 엄마도 뭔가 하고 싶은 게 있을 거잖아."

"됐다. 네 엄만 사람들과 부대끼면 병날 사람이다. 몸이 약해서."

아버지가 대답하고 결정하고 정리했다. 엄마는 다른 할 말이 있는 듯도 했지만 입을 다물었다.

"나는 밖에서 일하고 들어왔을 때 네 엄마가 밥상 차려놓고 기다리고 있을 때가 가장 좋더라. 그게 행복이지."

그 말을 들으며 나는 나중에 결혼을 하게 되면 아내에게 밥상 차려놓고 기다리라고는 하지 않을 것 같았다. 한편으로는 학교를 마치고 집에 왔을 때 엄마가 가방을 받아주고 떡볶이를 만들어주어서 기분이 좋았던 것도 같았다. 현관문을 열고 들어오며 엄마, 라고 불렀는데 집이 텅 비었을 때는 몹시 서운했던 기억도 남아 있었다. 모순적 딜레마란 생각을 하며 어쨌든 아버지 사업이 잘되기를 바랐다. 서울에서처럼 내방을 갖고 싶었다.

주말에 아버지와 드골 광장에 갔다. 남자들끼리 시간을 좀 보내라는 엄마 부탁 때문이었다. 센 강도 얼 정도로 추운 날이었다. 비둘기만 있을 것 같은 거리에 의외로 사람이 넘쳐났다. 서울의 독립문과 크게 다를 바 없는 개선문을 보려고 세계 각국에서 여행객이 몰렸다. 다양한 인종들로 광장은 **빽빽**했다. 한국어도 들렸다. 같은 언어를 사용하는 사람을 보면 생면부지인데도 괜히 반가웠다.

아버지는 심각한 얼굴로 누군가와 계속 통화했다. 한참을 그러더니 나를 보며 말했다.

"넌 여기서 자전거 타고 있거라."

"아버지는요?"

"난 저기 상점에 가서 담배 한 갑 사 올게."

아버지는 끊었던 담배를 다시 피웠다. 예전에는 하루 서너 대씩 피웠는데 요즘은 한 갑씩 피웠다. 서울과 달리 거리 곳곳에서 담배 피우는 사람을 쉽게 볼 수 있었다. 흡연자에게 이곳은 천국이라던 엄마 말이 이해가 되었다. 시간이 지날수록 광장엔 인파가 더 몰렸다. 현지인과 관광객이 뒤섞였다. 한 팀이 떠나면 금세 다른 무리로 채워졌다. 앙투안이 이곳에 소매치기가 많다는 말을 해 준 적이 있었지만 내 눈에는 다 착해 보였다. 설령 소매치기가 와도 내 주머니엔 그들이 가져갈 게 없었다. 자전거에 기대서 아버지를 기다렸다. 저녁노을이 질 때까지 아버지는 오지 않았다. 전화도 안 받았다. 춥고 지친 나는 먼저 집으로 돌아왔다. 그날 밤 아버지는 집에 오지 않았다. 전화 연결도 되지 않았다.

"이런 일이 없었는데……."

엄마는 소파에 쪼그려 앉아 밤을 보냈다.

다음날 학교에서 돌아온 나는 혹시나 해서 드골 광장에 갔다. 인파를 헤치고 아버지를 찾으러 다녔다. 광장 근처 골목을 다 돌아보았다. 동양인 남자로 보이는 사람이 있어 좇아가보면 아버지는 아니었다. 샹젤리제 거리까지 갔다가 아버지와 헤어졌던 장소로 돌아왔다. 행인이 어깨와 등을 치며 지나갔다. 대체 어디로 사라진 거야? 걱정과 짜증이 동시에 들었다. 이렇게 무책임한 사람이었던가 싶어 화가 났다. 발아래 떨어진 담배꽁초가 보여 무심코 찼는데 하필이면 노랑머리 발등에 떨어졌다. 아이라인을 두껍게 그려서 인상이 강해 보이는 여자였다. 다행히 그녀는 꽁초가 발등에 떨어진 걸 눈치채지 못했다. 그녀 옆에는 가죽점퍼를 입은 남자가 껌을 씹고 있었다. 그들은 여행객을 유심히 살폈고 턱으로 누군가를 가리키며 눈짓을 주고받았다.

잠시 뒤 한 무리의 아시아계 여행객이 몰려왔다. 중년의 남녀 사이로 그들보다 더 나이가 든 사람이 보였다. 인솔자로 보이는 여자가 단체관광객을 향해 뭐라고 한참을 떠들었다. 거리가 멀어서 말은 잘 알아듣지 못했지만, 사람들이 가방을 만지고 주머니를 확인하는 거로 봐서 소지품 단속을 시키는 것 같았다. 인솔자의 말이 끝나자 여행객은 인파 속으로 흡수되었다. 나이 든 여행자는 크로스 가방에서 스마트폰을 꺼내 들고 개선문 쪽으로 걸어갔다. 그 뒤를 노랑머리가 따라붙었다. 가죽점퍼는 남자의 측면에 섰다. 나는 그들에게서 눈을 떼지 않았다. 앙투안이 말하던 소매치기 같았다. 노랑머리 손이 나이 든 남자의 주머니 속으로 들어갔다. 신속하고 민첩해서 정말 눈 깜짝할 새 그들은 목적한 걸 손에 넣고 있었다.

가죽점퍼와 눈이 마주쳤다. 그가 껌을 씹으며 검지를 아래로 보냈다. 나는 얼른 고개를 돌렸다. 비겁한 자신이 부끄럽기보다는 내게 나쁜 짓을 할까 봐 무서웠다. 저건 분명 할아버지와 아버지의 가르침인 바르게 살기에 어긋나는 행동이었다. 정답이 뭔지 알고 있었지만 어떤 행동을 취하기에 난 너무 무력했다. 방관자가 되고 보니 기분이 안 좋았다. 보지 않았더라면 좋았을 장면이었다. 내 바로 옆에서는 두툼한 외투를 껴입은 젊은 커플이 마주 안고 키스를 하고 있었다. 내가 보고 있어도 입술을 떼지 않았다. 더러운 코트에 종아리까지 올라오는 갈색 부츠를 신고 검은색 뜨게 모자를 덮어쓴 부랑자도 보였다. 그들은 서로 뭉쳐 다니며 짧은 치마를 입은 여자가 지나가면 다리를 훔쳐보며 낄낄거렸다. 가슴이 큰 여자가 지나가자 따라가 실수인 척 팔꿈치로 슬쩍 건드리기도 했다.

아버지는 대체 어디로 간 것일까. 찬바람을 맞으며 사람들을 살폈다. 가죽점퍼는 피우던 담배를 노랑머리 입에 물렸다. 그녀가 연기를 내뿜자 가죽점퍼가 노랑머리 입술에 키스를 퍼부었다. 그들은 계속 이곳을 맴돌았고 끊임없이 먹잇감을 물색하는 듯했다. 그러는 동안에도 새로운 여행객은 계속 왔다. 노랑머리와 가죽점퍼는 어리숙해 보이거나 굼떠 보이는 자를 용케도 알아보았다.

해가 떨어지고 밤이 되어도 아버지는 집에 오지 않았다. 전화 연결도 안 되었다. 엄마는 서랍에서 표 사장 명함을 찾아냈다. 전화를 걸었지만 없는 번호란 기계음만 들렸다. 불안증이 시작된 엄마는 신경안정제를 먹었다. 입으로는 괜찮다고 했지만 괜찮아 보이지 않았다.

악몽 같은 밤이 지나고 해가 떴다. 예정대로라면 오늘이 가게 오픈 날이었다. 엄마는 팸플릿을 손에서 놓지 못하고 있더니 결국 자리에 누웠다. 아버지 전화만 기다릴 뿐 낯선 나라에서 우리가 해볼 건 아무것도 없었다.

학교는 꼬박꼬박 나갔지만, 머릿속은 복잡했다. 혼자 속을 끓이고 있을 엄마를 위해서 뭐든 해야 할 것 같아서 수업이 끝나면 드골 광장에 갔다. 아버지와 헤어진 자리에 서 있었다. 차들이 달렸고 날씨는 청명했다. 여행객은 변함없이 몰렸고 눈에 익은 부랑자도 출근하듯이 거리를 어슬렁댔다. 어젯밤에 스마트폰 배터리를 잊지 않고 충전해서 아직 90%가 남았다. 아버지에게서 전화가 올지 모른다는 마음에 손에 꼭 쥐고 벨소리와 진동을 동시에 설정해 두었다.

배가 고파서 햄버거를 사 먹었다. 콜라까지 마시고 나자 허기가 가셨다. 다시 개선문으로 돌아왔다. 노랑머리도 어느새 출근해 있었다. 어디선가 한국말이 들렸다. 생면부지의 남녀노소가 삼삼오오 무리 지어 홍조 띤 얼굴로 떠들었다. 패키지여행을 온 모양이었다. 모두 오십 대는 넘어 보였다. 그들을 보니 한국이 그리웠다. 서울이었으면 고3이라 공부하느라 정신없었을 것이다.

"잘 알아들으셨죠? 소지품 조심하시고 3시 20분에 이 자리로 오세요!"

가이드는 목소리가 크고 발음이 좋았다. 모여 섰던 사람들이 흩어졌다. 그들이 가고 나자 일가친척이 떠난 듯 서운했다. 모르는 사람들이지만 같은 국적이라 한 공간에 있는 것만으로도 위안이 되었다. 여행객 수가 많아지자 노랑머리와 가죽점퍼도 바빠졌다. 나는 멀찌감치 떨어져 그들을 관찰했다. 제발…… 그들은 건들지 마. 속으로 기도했다. 바람과 달리 노랑머리가 한국관광객에게 접근하는 게 보였다. 이런 상황을 알 리 없는 하얀 머리 부부는 너무나도 평온한 얼굴로 광장의 어느 한 곳을 넋을 놓고 바라보고 있었다.

"귀중품 조심하세요!"

힘껏 소리쳤다. 하얀 머리 부부가 돌아보았다. 노랑머리가 한 걸음 뒤로 물러섰고 가죽점퍼가 험악한 눈으로 나를 쏘아보았다. 그가 눈썹 끝을 끌어올리며 다가왔다. 순식간에 손목이 잡혔고

으슥한 골목으로 끌려갔다. 다짜고짜 주먹이 날아왔다. 코피가
터졌다. 길바닥에 뒹구는 나를 가죽점퍼가 다시 일으켜 세웠다.
나는 그의 다리를 잡았다. 그렇게 살지 마. 그건 나쁜 짓이야! 소
리치는 내 머리채를 그가 잡았다. 그만해! 노랑머리가 소리쳤다.

아버지는 이튿날 해 질 녘에 돌아왔다. 초췌했고 낯빛은 어두
웠다.

"잘한다. 먼 타국까지 와서 공부는 않고 쌈질이나 하고 다니
니!"

연락 못 해서 미안하다거나, 무슨 일이 있었느냐는 말은 않고
내 얼굴에 난 상처를 보더니 꾸짖기부터 했다.

"이게 다 누구 때문에 생긴 일인데요?"

욱해서 대들자 엄마가 그러면 안 된다며 아버지한테도 사정이
있었을 거라며 진정을 시켰다.

"그동안 우리가 어떻게 지냈는데……."

속이 상했다. 아버지는 나를 흘끔 쳐다보더니 한숨을 쉬었다.
옛날 같으면 소리부터 질렀을 텐데 엄마는 풀 죽은 아버지를 보
는 게 속상한 모양이었다. 분위기가 암묵적 전쟁터 같아서 나도
입을 다물었다. 엄마가 멍든 눈가를 문지르라며 날달걀을 주면서
방에 들어가 있으라고 했다.

"그가 침몰하는 배에 나를 태웠소."

아버지 목소리가 들렸다. 표 사장이 가게 오픈 직전에 사라져 버렸다는 것이었다. 다 잘 된다더니, 믿고 기다리면 된다더니.

"우린 어떻게 되는 거죠?"

침묵 끝에 엄마 목소리가 들렸다. 이어서 작게 흐느끼는 소리가 들렸다.

페트병을 들고 공동주방을 찾았다. 누군가 앉아서 밥을 먹고 있었다. 처음 보는 얼굴이었다. 덩치가 작고 야윈 친구였다. 승강기와 버스정류장에서 몇 번 본 것도 같았다. 그의 앞에는 큰 대접이 놓였고 뭘 해 먹었는지 인덕션 주변은 지저분했다. 나는 정수기 물을 받으며 그가 규율을 어긴 범인일지 모른다는 생각에 확인 차 밥솥을 열어보았다. 예상이 맞았다.

"아 씨. 어떤 놈이 매번 빈 밥솥만 두는 거야?"

들으라는 듯 일부러 큰 소리를 냈다. 그가 머뭇머뭇 일어서더니 빈 그릇과 숟가락을 치우기 시작했다. 내 또래쯤으로 여겼는데 가까이서 보니 서른은 넘어 보였다. 동남아인으로 보였다. 그는 조용히 개수대 앞에 서서 먹은 그릇을 씻기 시작했다. 남자의 오른쪽 약지 마디 하나가 보이지 않았다. 나는 물병을 들고 조용히 주방을 빠져나오며 규칙 사항을 프린트해 붙여 둔 곳을 가리키며 읽어보라고 했다.

책상 앞에 앉아 노트북을 켰다. 이민 가기 전에 찍은 가족사진을 바탕화면에 깔아두었다. 출국 전 인천공항 게이트 앞에서 탑승을 기다리며 찍은 것이다. 모두 웃고 있었다. 이게 우리 가족의 마지막 행복이었다. 엄마는 그곳에서 잘 지낼까. 춥지는 않을까. 다시 서울로 돌아오려고 집도 처분하지 않았는데……. 이제 엄마는 살아서 서울집으로 돌아올 수 없게 되었다. 지켜주지 못해서 미안하다는 말을 나는 아직 하지 못했다.

표 사장이 잠적한 뒤 우리는 난방도 안 되는 집에 살았다. 물도 잘 안 나오는 오래된 아파트였다. 거실 겸 주방에 방 하나가 전부인 공간에서 어깨를 맞대고 지냈다. 짐을 최대한 줄여도 벽시계 하나 걸 자리가 없었다. 그런 협소한 공간에 아버지는 기어코 가훈을 걸었다. 나는 몸을 3단 양산처럼 접어서 문가에 얼굴을 대고 잤다. 문틈으로 바람이 들어와 몸을 웅크려야 했다.

"일 년만 버티자. 일만 잘 되면 그땐 서울에서처럼 널찍한 공간에서 지낼 수 있다."

힘들었지만 아버지 말을 믿었다. 그게 희망이었는데 버팀목이 무너졌다. 생활은 점점 궁핍해져 엄마는 가지고 있던 명품 핸드백, 시계, 구두와 의류를 중고 시장에 내다 팔았다. 아버지는 표 사장을 찾겠다며 며칠씩 집에 들어오지 않았다. 엄마는 세탁소에 일자리를 얻었다. 프랑스 부부가 하는 세탁소는 제법 손님이 많았다. 평생 힘든 일을 해본 적이 없는 엄마는 종일 서서 다림질을 했다. 밤이 되면 다리가 코끼리 다리처럼 부었고 손목 인대는 늘어나고 어깨통증은 만성으로 진행되었다. 자주 배가 아프다고 했고 이따금 하혈도 했다.

"병원에 가봐. 내가 같이 가줘?"

"뭔 병원이냐. 폐경이 가까워 생리가 불규칙한 모양이다."

엄마는 진통제를 먹으며 버티었고 나는 학교가 즐겁지 않았다. 전등을 끄면 바퀴벌레가 색이 벗겨지고 귀퉁이가 떨어져 나간 싱크대 찬장 아래에서 기어 나왔다. 열악한 환경에서 어떡하든 버텨보려던 엄마는 치료의 골든타임을 놓쳤고 난소암을 진단받은 지 두 달 만에 죽었다.

빈소는 황량했다. 장식 조화나 상차림도 없이 촛불 하나만 달랑 켜졌다. 빈소를 지키던 아버지는 보였다 안 보였다 했다. 조문객은 엄마가 일하던 세탁소 부부가 다였다. 과일조차 없는 빈소지만 영정 사진 속 엄마는 웃고 있었다. 내가 중학교 때 가족이 가평 캠프장에서 찍은 거였다. 행복했던 순간에 머물고 있어 다행이었다. 고생만 하다가 외롭게 눈 감았는데 마지막 가는 길도 초라했다. 아버지가 원망스러웠다. 서울에 있겠다고 했을 때 말만 들어줬어도 엄마는 안 죽었을 것이다.

점심때가 훨씬 지나서 돌아온 아버지는 수염이 텁수룩했다. 맥주 한 캔을 들고 와서 밥 대신 마시고는 영정 사진을 물끄러미 바라보고 앉았다.

"모든 게 아버지 때문인 거 아시죠?"

들었는지 못 들었는지 아버지는 말이 없었다.

같은 공간에 함께 있는 게 불편해서 병원 밖으로 나왔다. 거리를 쏘다니다가 햄버거와 콜라를 사 먹고 들어왔다. 신발 밑창이 덜렁거렸다. 접착 본드 붙인 게 떨어졌다. 아버지는 보이지 않았다. 검정 양복을 입은 직원이 왔다. 그는 내게 서류를 보이며 뭔가를 장황하게 설명했다. 나는 아버지와 상의하라고 했다. 그가 어깨를 으쓱하더니 가버렸다. 한 시간쯤 뒤 아버지가 왔다. 나는 병원 직원이 다녀갔다는 말을 전했다.

아버지가 보기 싫어서 밖으로 나왔다. 걷다 보니 드골 광장이었다. 이곳에 오면 한국 사람을 볼 수 있어 좋았다. 보는 것만으로 위안이 되었다. 신발이 덜렁거려 걷기가 불편했다. 걷다가 화단에 앉았다. 맞은편 도로에서 노랑머리가 걸어오는 게 보였다. 껌딱지 같은 가죽점퍼는 보이지 않았다. 그녀가 내 얼굴을 알아보지 않기를 바라며 시선을 돌렸다. 뮤지션 공연이 시작되는지 음악소리가 광장을 울렸다. 젊은 커플이 내 곁에 와 앉았다. 여자가 남자 어깨에 머리를 기댔다. 나만 빼고 모두 행복해 보였다.

도로 건너편에서 가죽점퍼가 치킨을 사 들고 오는 게 보였다. 내 쪽으로 오지 않기를 바랐는데 노랑머리와 눈이 마주쳤다. 그녀가 생긋 웃었다. 나는 긴장한 걸 들키지 않으려 눈에 힘을 주었다. 노랑머리가 밑창이 달랑대는 내 신발을 보았다. 그녀가 프라이드 닭다리 하나를 건넸다. 나는 받지 않았다. 이 닭다리가 어떤

경로로 그들 손에 들어왔는지 알기 때문이었다. 거부하자 이번엔
가죽점퍼가 내 입에 강제로 닭다리를 물렸다. 나는 닭다리를 빼
서 바닥에 던졌다. 가죽점퍼가 내 멱살을 잡자 노랑머리가 달려
들어 가죽점퍼의 뺨을 때렸다. 아직 아기잖아. 그녀는 자기보다
키가 더 큰 내 머리를 만지려 했다.

"노 터치!"

내가 손으로 막자 노랑머리가 웃었다.

스마트폰이 울렸다.

"어디냐?"

아버지 음성은 건조했다.

"잠깐 나와 있어요."

"내가 급히 갈 곳이 있다. 와서 엄마 곁에 있어라."

아버지 말이 끝나자마자 스마트폰이 꺼졌다. 배터리 충전을
하지 않은 게 생각났다. 나는 불편한 신을 끌며 걸었다. 도로를
건너 인도를 따라 걸었다. 수제버거 가게가 보였다. 배는 계속 고
팠다. 주머니를 뒤졌다. 죽은 엄마가 입던 바지에서 꺼낸 돈이 있
었다. 가게 문을 열고 들어갔다. 치즈브레드버거와 콜라를 주문
한 뒤 창가 자리에 앉았다. 옆자리에 다리가 긴 남자가 앉아 프라
이드치킨과 포테이토 프라이를 욱여넣듯 먹고 있었다. 주문한 음
식을 기다리며 창밖을 내다보았다. 행인 모두 행복하고 즐거워

보였다. 불이 나기 전까지 우리 가족도 저런 표정이었다. 그때 창밖으로 동양인 남자가 빠르게 지나갔다. 깔끔한 셔츠에 검정 슈트를 입어서 몰라볼 뻔했는데 아버지와 닮았다. 이제야 상주의 예를 갖춘 차림새였다. 얼른 뒤좇았지만, 신발이 덜렁거려 놓쳤다. 갈 곳이란 데가 어딘가? 표 사장을 찾은 걸까. 온갖 상상을 하며 드골 광장을 이리저리 살피며 다니다가 혼자 있을 엄마가 걱정되어 돌아섰다. 인파 사이에 아까 본 검정 슈트가 보였다. 아버지인 듯한 검정 슈트는 머리가 벗어지고 배가 나온 여행자 뒤에 바짝 붙어서 노랑머리와 가죽점퍼가 하던 짓을 하고 있었다.

"아버지?"

아니길, 잘못 봤기를 바랐다. 확인하고 싶지 않지만 확인해야 했다. 걸음을 떼는데 한 무리의 덩치 큰 남자들이 내 몸을 밀치며 지나갔다. 그 바람에 검정 슈트를 놓쳤다. 머릿속이 복잡했다. 닮은 사람일 뿐이야. 아버지는 바르게 살기 위원회 회장도 했고 할아버지가 몸담고 계시던 학교 표석을 가훈으로 삼을 만큼 정의로운 분이잖아. 그뿐인가. 사업이 번창할 때는 소아암이나 국제구호 단체에도 꾸준히 기부를 해왔지 않은가. 아버지 사무실 장식장을 가득 채운 공로패와 감사패가 그걸 증명해 주고 있어. 나는 잠시나마 아버지를 의심한 자신을 한심해하며 뒷걸음질 쳤다.

그때 누군가 어깨에 손을 올렸다.

"아, 깜짝이야."

놀라서 돌아보니 앙투안이 서 있었다.

"안녕. 여긴 어쩐 일로?"

손을 들어 아는 체를 했지만 금방 돌아섰다. 벗어나고 싶었다. 이 광장에서 멀어지고 싶었다. 앞만 보고 걸었다. 앙투안이 따라왔다. 나는 더 빨리 걸었다.

"헤이. 무슨 일이야?"

뒤따르던 그가 내 발을 밟았다. 거치적거리던 신발 밑창이 드디어 떨어져 나갔다. 나는 맨발로 씩씩하게 걸었다. 앙투안이 걱정이 가득한 얼굴로 괜찮으냐고 했다.

"문제없어."

나는 웃으며 양손을 펼쳐 보였다.

다음 날 아침에 보니 영정사진과 초밖에 없던 빈소에 조화가 놓였다. 과일과 떡, 커피도 있었다. 엄마가 좋아하겠다는 마음보다 아버지가 어디서 돈을 구했는지에 마음이 더 쓰였다. 마음이 복잡해져 눈물이 났다.

"사내 자슥이 울긴! 이런 널 보면 엄마가 편히 갈 수 있겠어?"

아버지는 내가 엄마 때문에 우는 줄 아는 모양이었다.

엄마는 묘지 대신 집으로 왔다. 유골함을 안방 수납장에 넣었다. 아버지는 일이 해결되면 엄마를 서울로 데려가자고 했다.

학교는 즐겁지 않았다. 앙투안과 더 자주 어울렸고 수업 시간
엔 책상에 엎드려 있었다. 아버지가 학교에 불려갔다. 어느 주
말, 앙투안은 나와 자신의 여자 친구를 집으로 초대했다. 부모님
은 모두 카페에 출근하고 없었다. 여자 친구와 키스하는 걸 보여
주겠다고 했다. 내가 믿지 않을수록 그는 자신감을 보였다. 앙투
안은 부모님이 아껴 마시는 와인을 꺼냈다. 나는 조금 두려웠지
만 호기심이 생겼다. 그가 잔을 채웠고 음악을 틀었다. 떨리는데
이상하게 기분은 고조되었다. 앙투안이 권해서 포도주를 마셨다.
가슴이 쿵쿵 뛰었다. 앙투안과 여자 친구는 리듬에 맞춰 몸을 흔
들었다. 춤을 추던 앙투안이 여자 친구의 허리에 손을 얹었다. 자
연스레 두 사람은 마주 보고 서로 안는 자세가 되어버렸다. 앙투
안의 입술이 그녀의 입술을 눌렀다. 그의 오른손이 여자 친구의
가슴을 움켜잡는 것도 보았다. 나는 뭔가 죄짓는 기분에 현관 밖
으로 내달렸다.

아버지는 앙투안과 어울리지 말라고 했다.

"그에 대해 아는 게 뭐죠?"

"나는 경험이 많아서 사람을 볼 줄 안다."

그런데 왜 사기를 당했느냐고 따졌다.

"어른들 세계는 네가 알고 있는 것보다 훨씬 복잡하다."

"아버지도 우릴 모르시잖아요. 그러니 앞으로 내 일에 간섭하

지 마세요."

뛰쳐나가려는 나를 아버지가 막아섰다.

"내가 누구 때문에 일하는데? 조금만 기다리면 표 사장을 찾을 수 있고. 일도 잘 마무리된다. 그러니 속 썩이지 말고 공부해라. 지금의 너를 보면 엄마가 얼마나 속상하겠냐?"

그런 아버지가 가식적으로 보였다.

"엄마가 왜 이곳까지 와서 죽었는데요. 다 아버지 때문이잖아요."

"잘해 보려고 했던 거다. 우리 모두를 위해서."

"언제나 아버지 방식대로였죠."

나가려는 나와 아버지 사이에 몸싸움이 있었다.

"너 정말 이렇게 살 거냐?"

"제 인생입니다. 그러니 제발 신경 좀 끄세요!"

이 자식이 정말! 아버지가 손을 치켜들었다. 나도 모르게 아버지 손목을 잡았다. 이길 수 있을 것 같았다.

아버지는 나를 서울로 보냈다. 큰아버지와 통화를 한 뒤 내린 결정이었다. 프랑스로 간 것도 돌아오는 것도 내 의사는 반영되지 않았다. 샤를 드골 공항에서 아버지와 작별했다. 게이트를 빠져나와 항공기에 탑승할 때까지 뒤돌아보지 않았다.

외투를 걸치고 편의점에 갔다. 불이 켜진 도시는 휘황찬란했다. 상점이 즐비한 도로를 지나 마트를 찾았다. 향초 캔들과 소주, 엄마가 좋아하는 귤, 커피, 빵을 사서 계산을 하려는데 승인 거절이다. 체크카드 잔액이 부족했다. 밖으로 나왔다. 거리에 서 있었다. 목적 없이 거리를 배회했다. 제삿날인데 엄마한테 귤과 커피를 사 줄 수 없어 미안했다.

이번 달 생활비 들어오는 날이 이틀 남았다. 미리 당겨 달라는 전화는 하고 싶지 않았다. 눈앞에 ATM 기계가 보였다. 잔액을 확인하기 위해 문을 밀고 들어갔다. 때마침 안에서 나오던 남자와 부딪혔다. 술 냄새가 확 풍겼다. 이거 뭐야! 중년 남자는 많이 취한 듯 비틀거렸다. 눈은 풀리고 혀는 꼬부라졌다. 숨을 참으며 ATM 기계 앞에 섰다. 오만 원 두 장이 바닥에 떨어져 있었다.

가슴이 두근거려 고시원까지 어떻게 왔는지 모른다. 숨을 몰아쉬고 있는데 아버지가 스마트폰으로 사진과 문자를 보내왔다. 조촐하게 차린 제사상이었다.

―내년에는 네 엄마가 그리워하던 집으로 돌아갈 수 있다. 그 때는 제대로 상을 차리자.

답장하지 않았다. 전등을 끄고 향초에 불을 붙였다. 책상 위에 커피를 두고 일회용 접시에 빵과 귤을 담았다. 컵에 소주를 따르는데 손이 떨렸다. 방은 무덤처럼 조용했고 침대는 나를 위해 특별 제작된 관처럼 편안했다. 파리에서 셋이 어깨를 포개고 자던 아파트처럼 누추한 냄새가 났다. 천장에 생긴 둥근 빛 속에 엄마가 앉아 있는 것 같았다.

몸을 움직일 때마다 향초가 흔들렸다. 천장과 벽에 거대한 그림자가 생겼다. 그것은 실재보다 훨씬 커서 나라고 할 수가 없었다. 옆방 사람이 들어오는지 복도를 걸어오는 낮은 발소리가 들렸다. 아버지가 돌아오면 예전으로 돌아갈 수 있을까. 본 것이 항상 진실일 수 없지만, 거짓이라고도 할 수 없지 않은가.

얼굴 하나 겨우 빼낼 수 있는 창문을 열고 밖을 향해 소릴 질렀다. 그러자 옆방에서 시끄럽다며 벽을 두드렸다. 침대에 누웠다. 팔을 들어 올리니 천장에 커다란 그림자가 나타났다. 어렸을 때 아버지와 한 그림자놀이가 생각났다. 손의 모양에 따라 천장과 벽에 여우, 개, 나비가 만들어졌다. 아버지가 해 주었던 것처럼 손으로 독수리를 만들었다. 천정에 나타난 독수리는 거대했다. 나는 그것이 빛을 등에 업고 꿈틀거리는 걸 지켜보았다.

함께 있어도 혼자

함께 있어도 혼자

눈을 떴다. 알람이 울리지 않아도 정확히 아침 6시면 잠이 깼다. 어떤 땐 두세 시간 전부터 잠이 깨어 있기도 했다. 일어나도 마땅히 할 일이 없어 좀 더 잘 요량으로 눈을 감고 있을 때가 많았다. 오른쪽 겨드랑이 밑에 코를 박고 잠들었던 달이가 혀로 얼굴을 핥았다. 귀찮아서 밀어냈더니 가슴팍으로 기어올랐다.

"이놈아. 간지럽다."

몸을 돌려서 베개에 얼굴을 묻었다. '카톡' 알람 대신 잠을 깨우는 소리. 확인하지 않아도 보낸 이를 알 것 같았다. 이 시간에 톡 할 사람은 라인댄스 총무밖에 없었다. 수업이 있는 날이면 총무는 어김없이 단체 톡을 보내왔다. 나보다 열여섯 살이나 어린 그녀는 성격이 화끈하고 열정적이었다. 허릿살이 두툼하고 엉덩이가 둥글넙데데해 춤추는 모습은 예쁘지 않은데 친화력은 백 점이다. 이게 다 생리가 끊어진 후 찐 살이에요, 묻지 않았는데 자신의 옆구리살을 집으며 웃었다. 넉살이 좋았다. 춤추는 모습이 파워풀해 쉰아홉으로 보이지 않았다.

잠은 달아났고 마음엔 조등이 켜졌다. 남편이 죽은 뒤 모든 게 시들했다. 생기를 되찾고자 라인댄스를 시작했다. 강습은 일주일에 두 번 주민센터 강당에서 했다. 평생 춤을 춰 본 적이 없어 망설였는데, 의외로 평균 나이가 67세였다. 그곳에서 나는 제일 나이가 많았다. 손윗사람이 한 명 있었는데 계단에서 발을 헛디뎌 고관절에 금이 가 병원에 입원 중이었다. 문병을 다녀온 강사와 총무 말에 의하면 회복 후 다시 나오겠다는 의지는 강해 보이지만, 뼈가 잘 붙지 않아서 힘들 거라고 했다. 회원들은 나를 왕언니라고 불렀다. 스스로 늙지 않았다고 생각하다가도 주변에서 어른 대접을 해 주면 새삼 나이를 의식했다.

달이는 침대 아래서 공을 굴리며 놀았다. 사람으로 치면 환갑이 넘었는데 내 눈에는 천진한 아기 같았다. 눈곱이 끼고 전에 없이 늘어져 자는 일이 많아지긴 했지만, 노화의 특징 몇 가지만 빼면 아직은 건강했다. 일어날 시간인데도 침대에 계속 누워있자 안아 달라고 낑낑댔다. 침대에 올려주자 골반이며 팔을 자근자근 밟고 다녔다. 그래도 반응을 보이지 않자 쌕쌕대며 옆구리로 파고들었다.

"밥 달라고?"

녀석을 공중으로 들어 올렸다. 아이코! 나도 모르게 신음이 뱉어졌다. 어깨에서 검지로 전류가 흐르듯 찌릿했다. 저린 팔을 내린 뒤 녀석의 등에 얼굴을 묻었다. 포근했다. 솜뭉치 같군. 남편의 말이 생각나 나도 모르게 입꼬리가 올라갔다.

"네가 있어 다행이야."

말을 알아들은 듯 혓바닥으로 얼굴을 핥았다.

유튜브에서 달이 나오는 음악을 재생한 뒤 자리에서 일어났다. 몸을 일으키는 데 한참이 걸렸다. 움직일 때마다 뼈마디가 결렸다. 남편이 푸들 이름을 '달'로 지은 건 노래를 좋아해서다. 특별한 이유가 있어서가 아니라 그냥 빠져들었다고 했다. 그가 좋아했던 곡이라 정이 갔다. 듣고 있으면 지나간 시간이 마치 어제의 일처럼 선명했다.

남편과 나를 연결해 준 사람은 미술관 관장이었다. 당시 나는 미술관 전시기획 일을 하고 있었다. 결혼 적령기를 지났다고들 하지만 일이 재미있었다. 그런 내게 관장은 좋은 사람이 있으니 만나보라고 했다.

"후밴데 착실하고 똑똑해."

스치듯 하는 말이 아니라 자주, 집요하게 했다. 그래서 만나보기로 했다. 관장 말대로 부담 없이, 밥이든 차든 마시고 오기로.

호텔 커피숍에 도착했을 때 말끔한 슈트 차림의 남자가 커피를 마시고 있는 게 보였다.

"저는 생각보다 일찍 도착해서 차를 먼저 마셨습니다. 라운지로 올라갈까요?"

다른 생각이 끼어들 틈도 주지 않고 그가 일어섰고 앞장섰다.

승강기 앞에 서 있는데 커피숍 직원이 황급히 뒤쫓아와 계산서를 내밀었다.

"아이고, 죄송합니다. 제가 정신이 없어서……."

그가 정중히 사과하며 찻값을 계산했다.

15층 라운지 창가에 앉았다. 뷰는 좋았다. 과일 안주에 칵테일 한 잔씩을 마신 뒤 관장은 바쁘다며 빠져주었다.

"뭐 잘 먹어요?"

관장과 헤어진 뒤 호텔 근처 식당가를 걸으며 그가 물었다. 어둠이 내린 시간이라 불빛이 화려했다. 여긴 어떤가요? 그가 일식집을 추천했다. 별정직 직원들과 와본 곳인데 깔끔하고 생선회가 신선하다고 했다.

"전 이곳이 좋아요."

식당가가 끝나는 지점에 높다란 빌딩에 눌려 더욱 납작해 보이는 낡은 한옥 건물을 가리켰다. '원조 할매 족발' 그가 간판을 읽었다.

"여긴 막걸리 한잔해야 할 집인데요?"

뜨악한 표정을 지으며 메뉴 선택이 의외라고 했다. 안으로 들어가니 밖에서 본 풍경과 달리 개조한 방마다 손님으로 가득했다.

"뭘로 할까요?"

그가 옆 테이블을 곁눈질해 보며 물었다.

"족발집이니 그걸 먹어야겠죠."

음식이 나오자 그는 소주를 시켰다. 나는 재킷을 벗은 뒤 원피스 소매를 걷었다.

그 장면을 떠올리자 웃음이 터졌다. 처음 만난 남자와 족발을 먹을 생각을 한 자신이 지금 생각해도 도발적이란 생각이 들었다. 내가 소매를 걷고 족발을 뜯자 그도 뼈 하나를 집어 들었다. 어떤 계획이나 의도를 가지고 한 행동은 아니었지만 한 가지 분명한 건 잘 보여야 한다는 부담이 없었다. 그날 나는 무슨 마음에선지 4차까지 갔다. 마지막으로 들른 호프집에서 그는 이성을 만났을 때 아웃 포커스 현상이 일어난 게 처음이라며, 후광이 비쳐서 커피값 계산하는 것도 잊었다고 했다.

달이를 안고 침대에 걸터앉았다. 추억은 늙지도 않는지 입가에 번진 미소는 욕조에 풀어 둔 거품처럼 쉽게 꺼지지 않았다. 나이가 들면 추억을 파먹고 살고 스스로 주책인지 모르고 주책을 떤다더니 지금 내가 딱 그 꼴이다. 달이가 낑낑댔다. 녀석의 검고 촉촉한 코에 입을 맞췄다. 그래, 알았다. 그만하고 너를 보마. 과거를 종이비행기처럼 접어 마음 깊숙한 곳에 넣고는 방을 나왔다.

바닥에 내려주자 녀석이 쏜살같이 달리더니 화장실 앞에서 멈췄다. 문을 열어주자 깔아 둔 배변 수건에다 소변을 보았다. 아침을 준비하는 동안 달이는 거실을 가로질러 식탁 다리 사이를 잽싸게 통과하더니 다시 작은방을 돌고 나와서는 내 발등을 뛰어넘으며 온몸으로 기분 좋은 감정을 표현했다. 강아지이길 다행이지 어린애였다면 벌써 아래층 사람과 층간 소음으로 갈등이 깊었을 것이다.

"자, 밥 먹어라."

녀석이 촐랑대며 뛰어와 밥그릇에 주둥이를 박았다. 꼬리를 흔들며 최선을 다해 사료를 먹었다. 먹는 일에 최선인 것들은 아직 살날이 많다는 뜻이다. 나는 요즘 밥맛이 없다. 체중 조절하려고 다이어트를 하던 젊은 날이 그리울 정도였다. 음식을 탐하는 것도 한때인 것 같다, 녀석이 먹는 모습을 물끄러미 바라보고 섰다가 냉장고 문을 열었다. 먹긴 해야 하는데 입맛이 안 돌았다. 아들을 가졌을 때도 이 정도는 아니었다. 소화기관이 약해져 질기거나 딱딱한 음식은 입에 잘 대지 않았다. 연하고 부드러운 음식을 먹어도 명치끝에 걸렸다. 남편이 살았을 때는 의무적으로라도 밥상을 차렸고, 마주 앉아 있다 보면 식욕이 생기기도 했지만, 지금은 매끼 혼자 먹을 때가 많았다. 수업이 있는 날 댄스반 회원이 그나마 밥 한 끼 먹는 유일한 식구였다.

살기 위해 먹는 게 부담이었다. 하루하루 강제할 일이 많아진 것도 노인의 특징인 것 같다. 운동도 그중 하나였다. 일주일에 서너 번 달이와 아파트 주변을 산책했다. 산책을 시키는 게 아니라 녀석이 나를 끌고 다녔다. 그 외 시간은 집 안에 웅크리고 있었다. 근육이 빠지는 게 눈에 보였다. 허벅지와 종아리가 가늘어지자 멀쩡한 길에서도 자주 넘어졌다. 단백질과 야채 위주로 잘 챙겨 먹으라던 주치의 말이 생각나서 냉장고에서 락앤락 통을 손에 닿는 대로 꺼내 식탁 위에 늘어놓았다. 그런 다음 정수기에서 미지근한 물 한 컵을 받아서 식전 약을 복용했다. 오늘은 변비약이 하나 더 늘었다.

"어르신, 섬유질이 많은 음식을 먹어야 합니다. 매끼마다 해조류나 채소를 꼭 챙겨 드세요. 물도 많이 마시고요."

주치의는 같은 말을 앵무새처럼 반복했다.

남편이 죽은 뒤 한동안은 커튼을 치고 지냈다. 세상이 싫었다. 잠이 오면 자고 깨면 텔레비전 앞에 유령처럼 앉아 있었다. 배는 고프지 않고 달이는 내 곁에서 낑낑댔다. 산책을 시키지 않아서인지 아무 곳에나 오줌을 쌌다. 쿠션을 물어뜯기도 했다. 나처럼 달이도 힘든 시간이었다. 어쩌다 아들과 통화하면 눈물부터 났다. 넋두리가 길어지면 아들은, 그런다고 아버지가 살아 돌아옵니까? 했다. 그러면 나는 서운함에 그가 얼마나 비참하게 세상을 떠났는지 말하기 시작했다.

"제발 그만 좀 하세요. 우리만의 일은 아니었잖아요."

누구의 잘못도 아니지만, 남 말하듯 하는 게 분해서 더 괘씸했다.

"네 아버진 그런 대접을 받아서는 안 되는 사람이다. 마지막 가는 길에 배웅도 못 했다. 아들인 너는 뭘 하고 있었냐?"

나는 단지 그 상황을 지켜본 자로서 그날의 일을 말하고 싶었을 뿐인데, 말을 시작하면 이상하게 추궁하고 비난하는 꼴이 되었다.

"팬데믹 시국에 전 세계인이 겪은 일입니다. 개인이 뭘 할 수 있는 세상이 아니었어요. 입국하지 않은 것도 항공 길이 묶였기 때문이잖아요."

아들은 냉정하고 이성적이었다. 덧붙여서 모든 생명은 소중하기 때문에 그런 대접을 받을 사람이 따로 있고 없고를 따지는 건 옳지 않다며 나를 가르치려 들었다. 생명공학 박사면 부모한테 무례해도 되는지 묻고 싶었다. 임종을 못 지켜 속상한데, 그 마음을 공감만 해 주면 될 텐데 아들은 그게 안 되었다.

"그럼 코로나가 종식되었을 때는 왜 안 온 게냐?"

유치해진 내가 보였다. 공격적인 성향이 원래 내재되어 있었던 것처럼 자연스러웠다. 아들은 나의 감성적 애도 방식이 마음에 들지 않는다고 했다.

"언제고 마음이 진정될 때 다시 통화해요. 아버지 일은 유감입니다. 전들 마음이 편하겠습니까?"

　내 치맛자락에 껌딱지처럼 붙어 다니던 그 아이가 맞는가 싶었다. 혹시 같은 날 같은 시간에 출산한 아이와 뒤바뀐 게 아닐까 싶었다. 전 세계가 패닉일 때 남편은 코로나 진단을 받고 곧바로 위독해졌다. 구급차에 실려서 불 꺼진 거리를 빙빙 돌았다. 그의 의식은 희미해지고 병원마다 남은 병상이 없었고 의료 인력이 부족해서 어둠이 싸인 도심 도로를 돌고 또 돌았다. 가는 곳마다 문전 박대. 위급을 알리는 사이렌 소리를 들으며 그의 의식은 희미해져 갔고 결국 구급차 안에서 숨을 거두었다. 나는 격리되어 집안에 갇혀 있었기에 그의 곁에는 방역복을 입은 구급대원뿐이었다.

　허리가 아팠다. 총무는 아파도 움직여야 한다고 했다. 안 쓰면 퇴화된다며, 몸을 끌고서라도 수업에 나오라고 했다. 굼뜬 손으로 밥솥을 열었다. 귀리, 현미, 서리태를 넣고 지은 밥은 며칠이 지났다. 색이 변했고 수분이 날아가 딱딱해졌다. 2인분을 해도 3일을 예사로 넘겼다. 양배추를 썰어 넣고 끓인 된장국을 데웠다. 식탁에 앉아 국에 밥을 말았다. 멸치볶음과 우엉조림, 김치로 몇 숟가락을 떴다.

　아들은 고등학교 때 교환학생으로 영국에 갔다. 런던에서 대학을 다녔고 그곳에서 생명공학을 전공한 같은 과 아가씨와 결혼

했다. 손녀도 태어났다. 그때는 바쁜 아들과 며느리를 대신하여 남편과 내가 런던에 갔지만, 이제 나는 그들을 만나러 가기엔 너무 늙었다. 아들을 보고 싶어 할 때마다 남편은 인간만 새끼에게서 독립하지 못한다며, 동물이 새끼에게 집착하는 걸 봤느냐고 물었다. 덧붙여 남편은 잘 키운 자식이 어떤 건지 물었다.

"그야. 원하는 대학 들어가고 남들이 부러워하는 직장에 취직해서 자기 수준과 맞는 짝을 만나 결혼하는 거지요."

그러자 남편은 내 얼굴을 물끄러미 바라보더니 이렇게 말했다.

"부모에게서 잘 떨어져 나가는 거요."

말은 그렇게 했지만 남편도 아들이 보고 싶을 때가 있는지 지갑 속에 함께 찍은 사진을 넣고 다녔다.

식탁 위에 놓인 가족사진을 넋을 놓고 바라보았다. 남편과 내가 앞자리에 앉고 손녀를 안은 아들과 며느리가 뒤에 섰다. 활짝 웃는 모습에 미소 짓다가도 살아서 아들 가족을 다시 볼 수 없을지 모른다는 생각이 들 때면 울적해졌다. 주치의도 장거리 여행을 권하지 않았다. 내가 갈 수 없으니 애들이 오기만을 기다릴 수밖에 없었다. 무심한 아들이 원망스러웠다. 이러면 안 되는데. 자식에게 자꾸 뭘 바라는 자신이 한심했다. 늙으니 옹졸해져서 마음이 자꾸 한쪽으로 기운 배처럼 삐딱해졌다. 쪼글쪼글해진 피부처럼 마음에도 심술궂은 주름이 지는 모양이었다. 언제가 될지는 모르겠지만 분명한 건 내가 죽는 것이고, 달이도 그날을 맞이할 것인데 누가 먼저 세상을 뜰지는 알 수 없었다. 가능한 달이보다는 내가 하루라도 더 살고 싶었다.

욕실로 들어갔다. 칫솔걸이에 칫솔 두 개가 나란히 걸렸다. 그중 하나에 치약을 듬뿍 짰다. 파랑은 남편 거였다. 한 달에 한 번씩 칫솔을 교체할 때마다 남편 칫솔도 새것으로 바꿔 걸었다. 면도기와 스킨로션도 그가 살았을 때처럼 세면대 위에 그대로 두었다.

배를 채운 달이가 욕실 앞에 서 있었다.

"놀자고?"

칫솔질을 하려다 말고 녀석과 눈을 맞췄다. 알은체를 해 주자 기분이 좋은지 촉촉한 코를 실룩대며 거실로 뛰어가 소파 아래에 있던 공을 굴렸다. 그 모습을 흐뭇하게 지켜보며 변기에 앉았다. 언젠가부터 문을 열어두고 볼일을 보았다. 문을 닫으면 달이가 문을 긁어 댔다. 아들이 어렸을 때도 화장실 문을 열어두고 볼일을 보았다. 보행기를 타고 놀다가도 화장실 문만 닫으면 자지러질 듯 울었다.

오늘은 남편 제사다. 4년이 되었지만, 나는 아직 그를 보내지 못하고 있었다. 라인댄스를 다녀와서 장을 볼 생각이었다. 제사상은 차리지 않더라도 간단한 음식은 만들 참이었다. 춤을 추고

부터는 다리에 힘이 붙어 횡단보도를 건널 때 덜 불안했다. 반쯤 건너갔는데 보행 신호가 깜빡이는 일도 줄었다. 총무는 내 스마트폰에 만보기 앱을 깔아주었다. 댄스 수업이 있는 날은 5천보는 거뜬히 걸었다. 거울 앞에 서서 오늘 입을 댄스복을 고민했다. 새 작품에 들어간다고 했는데 지난주에 배운 것도 머릿속에 남아 있지 않았다. 앞사람 옆 사람을 곁눈질해가며 눈치껏 따라 하지만 춤이라고 할 수가 없었다. 대형 거울은 남들이 오른쪽으로 돌 때 왼쪽으로 돌고 왼팔을 올릴 때 오른팔을 올리는 내 모습을 적나라하게 비췄다. 다행히 총무를 포함해서 앞줄의 대여섯 명을 제외하면 수준이 비슷했다. 어째서 머리는 배운 것을 고스란히 기억하지 못할까.

젊어서는 머리 나쁘다는 소리는 안 들었다. 미술관 전시기획 일을 똑 부러지게 잘해 관장이 인정해 주었다. 첫 만남 후 남편은 자주 미술관으로 찾아왔다. 내가 기획한 전시장에 와서 미술품도 구매해 주었다. 관장은 성장 가치가 있는 작가의 작품을 추천해 주었고 남편과 나는 딸 교육문제로 가족과 떨어져 지내던 관장과 식사도 하고 술자리도 가졌다. 결혼 후에도 일을 계속하고 싶었지만 방심한 사이 임신이 되어 버렸다. 3개월 휴직이 6개월이 되고 1년이 되더니 영 그 자리로 돌아갈 수 없게 되었다.

벌써 9시 30분이다. 아침 햇살이 베란다 창을 두드렸다. 서둘러야 할 것 같다. 마음이 바쁘니 정신이 더 없었다. 신발을 신으면서 신을 찾고 밥을 차려놓고 양치를 하러 가기도 했다. 공상도 늘어서 과거를 회상하는 일이 많아졌다. 이미 지나간 일, 생각을 떠올리지 않으면 없는 일을 현재로 가져와서 걱정하느라 중요한 일을 놓쳤다. 이러다 지난주처럼 지각하겠다 싶어서 바삐 걸었다. 무릎이 우두둑거렸다. 엉치뼈도 어긋났는지 결렸다. 무심코 한 행동 때문에 허리를 삐끗했고 급히 슬리퍼를 신으려다가 넘어져 손목과 갈비뼈에 금이 가 입원한 적도 있었다. 늙어서 운이 좋은 날이란 별 탈 없이 하루를 보내고 잠자리에 드는 것이었다.

다행히 수업 직전에 주민센터 지하 강당에 도착했다.

"어머님들. 틀리더라도 과감하고 자신 있게 리듬을 타세요! 자, 왼쪽으로 턴하고……."

강사는 틀리는 게 정상이라며 폭풍 칭찬을 날렸다. 강당은 회원들이 뱉어낸 숨으로 뜨거웠다. 못할수록 힘은 배가 들었다. 몇 개월이 지나자 뻔뻔해져 민망함도 덜해졌다.

"지금부터 언 빨래처럼 뻣뻣한 몸에 예열 들어갑니다. 크게 웃으면서 살랑살랑 흔들어 관절 미인 되어요."

강사는 분위기가 가라앉을 것 같으면 바로바로 소릴 질렀다. 그녀의 힘찬 격려와 경쾌한 음악이 실내를 쾅쾅 울렸다. 거울에 비친 나는 언제 봐도 어색하지만, 엇박자가 나더라도 이래저래 팔다리를 움직이다 보면 신체 나이는 물론 아픈 곳도 잠시 잊을 수 있었다. 오늘 나는 검정 시스루 반폴라 블라우스에 찰랑 팬츠를 입었다. 이런 야한 옷을 입고 댄스를 추는 걸 남편이 알면 뭐라고 할까.

"오늘 맛있는 거 먹어요."

수업이 끝나자 회원들은 점심 먹을 생각에 얼굴이 빛났다.

"난 오늘 안 돼."

그러자 왕언니가 빠지면 안 되지, 라며 총무가 팔짱을 꼈다.

"그러고 싶지만, 오늘은 장을 봐야 하고……."

"장은 밥 먹고 보면 되잖아요."

강사 포함해서 전원 참석이라는데 빠질 수가 없었다.

식당 안은 사람들로 붐볐다.

"열심히 운동했으니 먹을 자격이 충분해요."

총무의 말에 회원들은 제육볶음을 쌈 싸서 전투적으로 입안으로 밀어 넣었다. 뛰고 나서 먹는 밥이 최고야. 죄책감도 덜하고…… 회원들은 소녀처럼 깔깔댔다.

"난 먹기 위해 운동해요."

누군가의 말에 내 앞에 앉은 회원은 밥알이 튀어나오도록 격하게 공감했다. 그녀들의 수다를 지켜보며 깻잎에 고기 한 점을 얹었다.

"왕언니, 장은 왜 봐요? 냉장고에 있는 음식도 유통기한 지나버린다면서?"

총무가 생각난 듯 물었다.

"우리 남편⋯⋯."

"수업 어땠나요?"

강사가 끼어들었다. 모두의 시선이 그쪽에 쏠렸다. 곧이어 강사가 입은 댄스복에 초점이 옮겨갔다. 몇 해 전까지 피아노 학원을 했다는 여자는 새 작품에 들어갈 때마다 옷을 샀다. 결국 이야기는 강사가 추천한 가게에 단체로 댄스복을 사러 가는 것으로 마무리되었다.

"난 안 돼."

이쯤에서 단호해져야 했다. 분위기에 휩쓸려 다니다 보면 오후 시간을 망쳐버릴 수 있었다.

"안 되지. 왕언니가 빠지면."

총무가 다시 옆구리에 찰싹 매달렸다.

"대신 밥은 내가 살게. 오늘이 우리 남편 제사라 이해⋯⋯."

"와! 역시 왕언니가 최고야!"

총무가 환호성을 질렀고 다른 회원들은 박수를 쳤다. 제사라는 말은 박수 소리에 묻혀버렸다. 그래, 뭐. 마트는 댄스복 구경한 뒤 가도 되지. 이곳이 아니면 함께 밥 먹어 줄 사람도 없는데, 한 살이라도 어린 이들이 끼워주는 것만도 고마운 일이었다. 문제는 달이었다. 늦을 줄 알았으면 간식을 더 챙겨 주고 올걸 그랬다. 지금쯤 스트레스로 아무 곳에나 오줌을 싸고 다닐지 모른다.

　강사가 소개한 가게에는 댄스복 종류가 많았다. 시스루 원피스를 하나씩 샀다. 체형을 고려하지 않은 선택이었다. 충동구매로 사놓은 댄스복만 여러 벌이었다. 춤은 늘지 않고 댄스복만 쌓여갔다. 총무는 블랙 나팔바지를 하나 더 구매했고, 전직 피아노 학원장은 레깅스 위에 덧입을 나풀 치마에 관심을 보였다.

　돌아올 때 총무는 방향이 같은 회원들을 자신의 차로 태워주었다.

　"왕언니, 아까 시끄러워서 제대로 못 들었어요. 누구 제사라고 한 것 같았는데……."

　"아, 우리 남편 제사."

　"어머. 형부가 안 계셨어. 몰랐네."

　그때 뒷좌석에 앉은 회원들이 재미난 이야기라도 하고 있었던지 웃음을 터뜨렸다.

　"참, 언니들 요즘 감기가 다시 유행이래요. 면역력을 길러야 해요."

　"그래서 난 홍삼 주문했어."

　뒷좌석의 회원이 끼어들었다.

　"그런데 오늘 배운 작품 너무 어렵지 않아요?"

　이번엔 총무가 말했다.

　"난 비타민 C를 먹는데 종합비타민으로 바꿀까?"

모두 입을 열고 떠들었지만, 대화는 모래알갱이처럼 겉돌았다.

아래층 여자와 승강기를 함께 탔다. 울적해서 입을 다물고 있었다.

"요즘 할아버지는 통 안 보이세요. 항상 두 분이 같이 다니시더니……."

그녀가 웬일로 먼저 말을 걸었다.

"아…… 네."

"어디 가셨나 봐요."

"네, 좀 멀리."

"왜 같이 안 가시고?"

"그러게요. 같이 갈 걸 그랬나……."

그녀가 고개를 까딱하곤 승강기에서 내렸다.

현관문을 열자 달이가 캉캉 짖으며 팔짝팔짝 뛰어올랐다. 늦게 온 게 미안해서 먹을 것부터 챙겨준 뒤 욕실로 들어가 손을 씻는데 허리가 또 아프기 시작했다. 오른쪽 무릎은 물리치료를 받고 약을 먹어도 낫지 않았다. 마트 가는 길에 집 앞 한의원에 잠깐 들러야 할 것 같았다.

장바구니를 들고 나서자 식탁 아래서 개껌을 뜯고 놀던 달이가 쏜살같이 달려왔다.

"기다려. 금방 올게."

달이가 현관에서 까만 코를 씰룩이며 나를 올려다보았다. 마트 다녀와서 잠깐이라도 산책을 시켜 주어야 할 것 같다. 중성화 수술을 시킨 뒤 한동안 집에 머물러 있었던 적이 있었다. 단골 애견센터에서 다른 개들이 수술하는 걸 보았을 때는 저렇게까지 하고 싶지 않다는 생각을 했다. 그랬는데 어느 날부턴가 산책길에 마음에 드는 수컷을 만나면 꼬리를 치며 난리를 쳤다. 나를 버려 두고, 내 말은 듣지도 않고 방금 만난 수컷과 코를 맞대며 애정 행각을 벌이느라 고삐를 끌어도 당겨오지 않았다. 그때 서운했던 감정이 아직도 남아 있다.

한의원은 한산했다.
"나빠질 일만 남았습니다."
눈알은 뻑뻑하고 허리는 쑤시고 무릎은 시리다는 내게 한의사는 단도직입적으로 말했다. 징징대는 게 싫어서 미리 막을 치는 것 같았다. 그는 덧붙여 6, 70년 대만 해도 평균 수명이 예순 살이었다며, 환갑까지 살면 장수한 거라서 동네잔치를 해 준 이야기를 꺼냈다.
"지금은 어떻습니까? 아흔 살이라고 해도 놀라운 세상이 아니지 않습니까. 우리 몸은 최대 60년 쓰도록 만들어졌는데 2, 30년을 더 사용하니 아픈 게 당연합니다. 자동차도 10년이 지나면 정비할 일이 계속 생기잖아요. 자연스럽게 받아들이세요."

한의사는 말을 기분 나쁘게 했다.

"선생님도 쉰은 훨씬 넘은 것 같은데 이제부터 아플 일만 남았겠군요."

참다가 한마디 하고 말았다.

1층 약국에 들렀다. 언제부턴가 하루에 먹는 약이 많아졌다. 남편이 있을 때는 그가 챙겨 주었는데 혼자 있으니 먹은 약을 또 먹을 때도 있었다. 식후, 식전, 식후 30분…… 복잡했다. 밥 먹는 것만큼 스트레스였다. 식탁 위에는 약봉지가 가득했다. 소화제, 변비약, 관절, 혈압, 고지혈…… 살기 위해 먹는 약이 죽음을 앞당길 것 같았다.

약사에게 하루에 같은 약을 두 번 먹으면 어떻게 되느냐고 물었다. 젊은 약사는 눈을 똑바로 뜨고는 약물 과다는 위험하니 정신 똑바로 차려서 제시간에 용량 지켜서 먹으라고 했다. 아셨어요? 하는데 아들을 보는 듯했다. 그 아이도 실수를 용납하지 않았다.

"약 먹을 시간에 알람을 설정해 두세요, 그러면 잊어버리지 않아요."

나는 아들 말대로 하지 않았다. 이건 내 문제니까. 그 일로 죽어도 너한테 책임을 묻지 않겠다고 했다. 얼마나 냉정하게 말했는지 아들은 손녀 사진을 보내주지 않았다. 다행히 손녀 이름은 아직 잊지 않고 있지만, 언젠가 내 이름과 아파트 동호수를 잊어

버리는 날이 올지도 모른다.

　마트 안은 장을 보러 나온 사람들로 북적였다. '만두가 있어요. 출시 기념으로 700그램 한 봉지를 더 드려요. 지금까지 이렇게 속이 꽉 찬 만두는 없었어요. 가격 저렴, 얇고 쫀득한 피에 게살 맛이 더해진 명품. 자, 오세요. 맛보세요!' 사람들이 우르르 몰려갔다. 무리 속에 섞여 있다가 그냥 왔다. 지난번에 산 게 냉동실에 그대로 남았다. 시끌벅적함 속에 고기, 커피, 떡볶이 등 시식음식 냄새를 맡으니 이게 사람 사는 거구나 싶었다.

　장본 걸 식탁 위에 두고 소파에 잠시 앉아 쉬었다. 옆에 보니 빨아 둔 댄스복이 눈에 띄었다. 지난여름에 댄스 교실에서 요양원에 위문 공연 간다고 산 거였다. 같은 노인이지만 그들보다 조금 젊거나 건강한 노인이 더 연로하거나 아픈 노인을 위한 공연이었다. 로비에 임시 공연장이 만들어졌고 입원환자들이 모였다. 제 발로 걸어서 나온 이는 극히 적었고 휠체어나 간병인의 부축을 받은 이가 대부분이었다. 병명이 무엇이든 누군가의 보살핌이 있어야 생명을 유지한다는 면에서 어린이병원과 다르지 않았다. 서너 살 적은 사람들이 앞에 서고 나는 맨 뒷줄에 섰다. 박자를 놓치고 동작이 틀려도 관객인 환자들은 잘 몰랐다.

　그날 병원에서 관장을 만났다. 머리가 허옇고 주름져 처음엔 못 알아봤다. 휠체어에 앉아 있었는데 주변의 소란스러움에도 무표정하게 앉아 있는 이가 있어서 눈여겨보았는데 낯이 익었다. 그러는 사이 무명 가수와 입담 좋은 개그맨이 나와서 식전 행사를 다채롭게 이끌었다. 이어서 복지센터 프로그램 중 일부인 난타 공연이 이어졌다. 적막에 휩싸였던 병원이 덩실덩실 춤을 추는 듯했다. 환자들이 조금씩 호기심을 보이며 미소를 보였지만 노인만이 희로애락의 감정을 걷어 낸 얼굴이었다.

행사가 끝난 뒤 대기실에서 옷을 갈아입고는 화장실에 들렀다. 로비 자판기 앞에서 노인을 다시 보았다. 늙었지만 날카로우면서 지적인 콧대는 여전했다. 나보다 열 살쯤 많았으니 여든을 훌쩍 넘겼을 것이다. 세월이 그를 다른 사람으로 만들어 놓았다. 총명하고 예술에 해박했던 모습은 찾을 수 없었다. 비어 있는 동공, 늘어진 입매, 꺼진 광대와 홀쭉한 뺨. 관장은 가족이 있는 미국으로 간 뒤 소식이 끊어져 남편이 죽은 뒤 부고장도 못 보냈다. 휴스턴으로 여행 갔을 때 찾아보려 했지만, 지인들조차도 아는 이가 없었다. 파산했다는 소식도 들렸고 이혼해서 혼자 귀국했다는 말도 들렸다.

아는 체를 할지 말지를 고민했다. 관장만 변한 게 아니라 나도 늙었기 때문이었다. 인생의 황혼, 생의 끝자락에서 서로의 구비진 삶을 공유하는 게 썩 내키지 않았고 그가 나를 알아볼지도 걱정이었다.

"이것 봐."

복잡한 생각으로 슥 지나가는데 그가 불렀다. 알아본 건가? 괜히 미안해져 관장 쪽으로 돌아서며 활짝 웃었다. 그가 눈살을 찌푸렸다. 늘어진 눈꺼풀이 눈동자를 덮어 커다랗던 눈이 가느다래졌다.

"관장님 하나도 안 변하셨네요."

영 만날 수 없을 줄 알았는데 뜻밖의 장소에서 해후하니 기분이 묘했다. 남편이 살았을 적에 만났더라면 하는 아쉬움도 있었다. 무표정한 그와 눈이 마주쳤다.

"언제 귀국하셨어요, 여긴 어쩐 일이고요?"

"지금 몇 시지? 시계가 없어졌어."

그가 중얼대며 손목을 만졌다. 순간 젊어서부터 그가 항상 시계를 차고 다녔던 게 생각났다.

"4시가 넘었어요. 그나저나 한국엔 언제 들어오셨어요?"

가까이서 보니 젊었을 때 모습이 남아있긴 했다.

"분명히 차고 있었는데……."

그가 휠체어에 앉아 몸을 이리저리 움직이며 환자복을 들춰보기도 했다.

"사모님도 건강하시죠? 세월이 많이도 지났어요."

"5시에 일어나야 하는데, 네가 가져갔지?"

관장이 손바닥을 내밀었다. 장난기는 아직 못 버린 듯했다.

"우리 남편은 죽었어요. 연락도 못 드렸네요."

"시계를 찾아야 비행기를 타는데……."

"밥은 잘 드시죠? 저는 요즘 통 입맛이 없어서요."

"7시까지 가야 해. 서둘러."

그가 급한 듯 환자복을 걷어 올리고는 손목을 내려다보았다. 시계도 차고 있지 않으면서.

복도 끝 쪽에서 총무와 회원들이 부르는 소리가 들렸다. 그때 간병인이 다가왔다.

"저기요. 이분 어디가 아픈 거예요?"

"치매라 정신이 왔다 갔다 해요."

아, 나는 가늘게 탄식했다.

공연이 끝난 로비는 환자와 그들을 돌보는 간병인과 간호사의 움직임으로 느릿느릿 흘렀다. 나는 관장이 사라진 승강기를 물끄러미 바라보고 섰다. 가까이에서 누군가 기침을 했다. 의사를 호출하는 안내방송이 들렸다. 시간은 모든 걸 바꿔놓았다. 2, 30년 후면 우리가 살았던 자리에 우리는 없을 것이다.

거울 앞에서 옷매무새를 가다듬었다. 남편을 보낸 후 염색을 하지 않아서 백발노인이 되었다. 아들이 온다면 이웃집 노파쯤으로 여길지 모른다. 바다 건너에 있어 1%의 가능성도 없는데 아들을 기다렸다. 헛된 기대는 실망으로 이어져 결국 원망하는 마음으로 바뀌었다.

집 안에 오랜만에 음식 냄새가 고였다. 야채를 다듬고 씻고 썰고 볶았다. 분주히 설치니 달이도 덩달아 집 안을 콩콩 뛰어다녔다. 육전을 노랗게 부쳐 접시에 담았다. 남편은 짭짤하고 바삭한 것보다 쫄깃한 걸 좋아했다. 그를 위해 찹쌀가루를 입혔다. 문어는 오래 삶으면 질겨지니 가스레인지 앞을 떠나지 않았다. 스마트폰은 정수기 앞에 두었다. 물소리에 자칫 듣지 못할까 벨소리를 높였다. 아들이 1년에 서너 번 손녀 사진과 동영상을 보내주었는데 그나마 둘 사이의 마찰로 뜸해졌다. 처음 손녀를 안아본 기억을 잊을 수 없다. 피부색과 눈, 코는 딱 제 어미를 닮았다. 뽀얀 얼굴에 이목구비가 선명해 인형 같았다. 못 본 사이에 손녀는 일곱 살이 되었다. 아들이 교환학생으로 갈 때만 해도 그게 이별이 될 줄 몰랐다. 손녀가 세 살이 되던 해에 남편과 런던에 간 게 여행의 마지막이었다. 국적까지 취득한 아들은 그 나라에 정착했다. 서울에서 산 시간과 그곳에서 보낸 시간이 거의 같았다. 아들이 돌아올 확률이 적다는 걸 받아들여야 하는데 그게 안 되었다.

요리하느라 오래 서 있었더니 침 맞고 온 허리가 또 아팠다. 소파에 앉았다. 달이가 달려왔다. 어린 아들을 안을 때처럼 두 팔을 벌렸다. 스마트폰이 울렸다. 아들인가 싶었는데 대출 광고였다. 망설이다가 아들한테 전화를 걸었다. 신호음이 가는 사이 가슴이 쿵쿵 뛰었다.

"승현이가 전화를 안 받네."

무릎 위에 엎드린 달이를 쓰다듬으며 내가 말했다. 끊고 나니 시차 생각도 않고 전화한 게 생각났다. 이래서 늙으면 죽어야 하는 모양이다.

눈을 감고 소파에 앉았으니 녀석이 가슴으로 기어올라 턱과 뺨을 핥았다. 영감이 와 주려나. 이런 나를 보면 남편이 좋아하지 않을 것 같았다. '오복녀 씨. 내 걱정일랑 말고 이생에서 꿋꿋하게 복 누리며 살다가 천수를 다하면 그때 만납시다.' 할 것 같았다.

문득 남편을 너무 오래 붙잡고 있었단 생각이 들었다.

"달아. 이젠 할아버지를 보내드리자."

나는 달을 품에 안고 어린 아들에게 동화책을 읽어줄 때처럼 그와의 추억을 들려주기 시작했다.

너는 너를 의심했다

너는 너를 의심했다

해변이 바라다보이는 솔밭에 접이식 의자를 폈다. 돗자리는 의자와 의자 사이에 깔았다. 미니 아이스박스를 그 위에 내려놓았다. 아내는 끈이 길고 폭이 넓은 가방에서 모자와 꽃삽, 플라스틱 노랑 양동이와 뜰채 등 자질구레한 용품을 꺼내 놓았다. 아이는 분홍색 장화를 신고 유아용 꽃삽과 양동이를 들고 빨리 갯벌로 가자며 채근했다. 오는 도중에 이미 볼이 상기되어 여름에 잡았던 조개 이야기로 잠시도 입을 다물지 않았다.

"얼마나 잡을 건데?"

내 말에 아이는 두 손으로 커다랗게 원을 그려 보이며 해맑게 웃었다. 아내는 손등에 선크림을 짜서 아이 얼굴과 노출된 팔다리에 발라주었다. 조금 지쳐 보이는 건 솔가지가 흔들리면서 생긴 그늘 때문인 것 같았다.

"따가워."

아이가 얼굴을 찡그리며 손을 눈으로 가져갔다. 아, 미안. 비비면 안 돼. 그녀는 아이 눈가에 묻은 선크림을 면봉으로 닦아냈다.

그때 건장한 세 남자가 걸어왔고 우리 자리 가까운 곳에 접이식 의자를 폈다. 낚시 용품을 들고 온 걸 보니 밀물 때를 기다릴 모양이었다. 그들이 우리 가족을 쳐다보았다.

"몇 살이냐?"

무리 중 젊고 체격이 다부진 이가 물었다. 아이가 손가락 네 개를 펴 보였다. 똑똑하구나. 그들이 웃었고 아내도 흡족한 미소를 지었다. 곧이어 출출하다. 뭐 좀 먹고 오자는 말을 주고받더니 세 사람은 상가가 밀집한 곳으로 걸어갔다. 아내는 그들의 뒷모습에서 시선을 떼지 않았다.

"뭘 봐?"

대답이 없었다. 아쉬움이라도 있는 것일까. 그러고 보니 그녀는 사내들이 옆자리로 오고부터 훨씬 생기 있어졌다.

"뭘 보고 있느냐고?"

목소리를 높였다. 그러자 아내는 별거 아니라며, 저기로 가면 지난번에 갔던 해변이 나오지 않느냐고 물었다.

지난여름에는 그곳 백사장에서 시간을 보냈다. 해변으로 이어진 길에서 아이와 아내는 새우깡을 갈매기에게 주었다. 과자 맛에 중독된 갈매기는 사람들을 무서워하지 않았고 때로 몰려와 손에 쥔 새우깡을 낚아챘다. 아내는 처음에는 무서워하더니 몇 번의 경험이 쌓이자 새우깡을 쥔 손을 높이 쳐들고 갈매기를 유인했다. 그러다가 부리에 쪼인 적도 있지만, 그 경험마저 즐기는 듯했다.

그녀는 입을 꼭 다문 채 선크림을 손등에 짜더니 얼굴에 펴 발랐다. 때마침 불어온 북풍에 그녀의 머리카락이 날렸다. 선크림을 바르고 있지만, 마음은 다른 곳에 있는 듯했다. 사내들이 계속 있었더라면 어땠을까, 하는 마음으로 아내를 바라보았다.

그들이 사라진 뒤 아내는 말이 없어졌다. 나는 그녀가 몸이 탄탄하고 젊은 남자에게 유독 시선을 많이 주는 걸 보았다.

"좋아? 시선을 뗄 수 없을 만큼?"

농담처럼 그 말을 던졌는데 아내 얼굴이 샛노래졌다. 그녀는 무슨 말을 꺼내기만 하면 과민하게 반응했다. 마음을 들켰기 때문일 것이다. 아이는 소나무 뿌리가 불거진 곳에 앉아 꽃삽으로 흙을 파고 있었다. 한참을 가만히 있던 아내는 작게 한숨을 쉰 뒤 다시 퍼프로 얼굴을 두드리기 시작했다. 내 눈은 아이를 향해 있지만, 아내의 일거수일투족에 신경을 쓰고 있었다. 그녀의 표정과 머리카락이 바람에 날리는 모양도 놓치지 않았다.

"당신 머릿속 상상으로 나를 보지 않았으면 해."

아내는 문제의 씨앗이 내게서 발아한 것처럼 말했다. 간교하고 교묘한 줄은 알았지만 바로 눈앞에서 벌어진 일을 부정하는 걸 볼 때면 환멸을 느꼈다.

"상상이 아니라 있었던 일을 말하는 거야."

"왜 날 감시하듯 봐?"

늘 저런 식이었다.

여름에도 비슷한 일이 있었다. 그날 아내와 나는 숙소에서 아이를 재운 뒤 소주에 우럭탕과 산낙지를 먹었다. 조기교육문제로 의견 차이가 있어서 약간의 다툼이 있고 난 뒤라 서로 잘하자는 쪽으로 분위기를 만들어갔는데 어떤 문제에서 다시 삐걱대기 시작했다. 사건은 낮에 아내가 백사장에서 낯선 남자와 웃으며 이야기를 나눈 것 때문이었다. 다정해 보여서 누구냐고 물었는데 정색하며 부인하는 게 거슬렸다. 옥신각신하다가 휴대폰으로 찍은 사진을 보여주었다. 그제야 생각난다는 듯 아, 난 또…… 누구라고……. 모르는 사람이야.

"모르는 사람과 5분을 얘기해?"

경직된 내 목소리에 술기운으로 발그레해졌던 아내 얼굴에서 웃음기가 사라졌다.

"오 분인지 일 분인지는 모르겠어. 그 남자 꼬맹이 아들이 지아한테 예쁜 조개껍데기를 줬어. 그래서 고맙다고 인사한 게 다야."

그녀는 거짓말을 하고 있었다. 너무나 밝게 웃어서 질투가 날 지경이었는데 그냥 넘어가려 하고 있었다.

"근데 이걸 왜 찍은 거야?"

그녀가 가는 신음을 뱉어내며 물었다. 흐트러진 머리카락이 얼굴의 반을 가려 아내의 오른쪽 얼굴만 볼 수 있었다.

"네가 이렇게 나올 줄 알고."

아내는 손바닥으로 양쪽 뺨을 감싼 채 무릎에 얼굴을 묻었다. 한참을 그 자세로 있더니 고개를 들었다.

"지아가 그 애랑 재밌게 놀아서 어쩔 수 없이 거기 있었어."

그러더니 앞으로는 의심나는 게 있으면 사진 찍지 말고 와서 보라며 딱하다는 듯 팔을 뻗어 내 얼굴을 만지려 들었다. 나는 거칠게 그녀 손을 쳐냈다.

"그래, 당신이 그렇다면 그런 거겠지."

그녀는 체념한 듯 말했다. 언젠가부터 아내는 문제가 생기면 수긍부터 했다. 그래. 당신 말이 다 맞아. 그런 행동이 뭔가 숨기려 드는 행위로 비쳤다.

평소 아내는 화초 가꾸는 걸 좋아했다. 시들하던 꽃도 아내 손에만 가면 꽃을 피웠다. 그랬던 아내가 화초를 말려 죽이는 일이 잦더니 아예 화초를 기르지 않게 되었다. 다른데 정신이 팔려서인 것 같았다. 그 일은 그녀의 메시지를 확인한 6개월 전부터였다. 그날 나는 주말이라 소파에 앉아 유튜버 영상을 보고 있었다. 아내는 음식쓰레기를 버리러 내려갔다. 잠깐 나갈 때도 항상 갖고 다니던 휴대폰이 웬일로 소파 옆 탁자에 있었다. 나는 재빨리 휴대폰을 열었다. 22층에서 승강기를 타고 내려갔다가 올라오는 시간은 프라이팬에 달걀을 부치는 시간보다 짧을 수 있었다.

　　－잘 들어갔죠? 마음 편하게 지내고… 다음 약속일에 봐요.

　보낸 이는 조지훈이었다. 누가 봐도 남자 이름이었고 내가 아는 이들 중에는 이런 이름은 없었다. 이후에도 두 사람은 자주 연락을 주고받는 듯했다. 한 번은 그녀 몰래 휴대폰을 확인하다가 걸렸다.

　"당신 이런 사람이었어?"

　그 사건 후 아내는 통화 목록과 메시지 내용을 그때그때 삭제했고 패턴을 걸어두었다. 비밀로 해야 할 메시지나 목록이 없다면 굳이 패턴을 걸 이유가 없을 것이다. 아내는 원래 철두철미한 사람이 아니었다. 우산이나 선글라스는 해마다 한두 개씩 잊어버렸다. 내성적인 나와 달리 친화력이 좋아 처음 보는 사람과도 금방 대화를 트는 편이었다.

재택과 오프라인 출근을 번갈아 하는 나는 집에서 보내는 시간이 많았다. 아내는 루틴대로 움직이는 사람이었다. 아이 등 하원 시키고 자투리 시간에 마트에 가고 화요일에는 도서관에서 독서 토론을 했고 목요일은 요리를 배웠다. 그녀는 토론한 책을 내게도 권했지만 내 정서와는 대부분 맞지 않았다. 요리학원에서 배운 음식을 집에서 해주는 데 솔직히 맛은 없었다.

접이식 의자에 앉았다. 10월에 들어서자 솔가지는 누런빛을 띠기 시작했다. 갯벌은 은빛 가루를 뿌려둔 듯 빛났다. 갯벌에 띄엄띄엄 박힌 사람들이 역광을 받아 검은 물체로 보였다.

"아빠. 빨리 가."

토끼 모자를 쓴 아이가 재촉했다. 모녀는 무릎을 살짝 덮는 반바지에 소매가 긴 분홍색 셔츠를 커플룩으로 입었다.

"엄마랑 가. 아빠는 피곤해."

그러자 아이는 입을 삐죽 내밀며 심술 난 표정을 지었다.

"같이 가자. 가족사진도 찍고."

아내가 거들었다. 사진은 무슨. 귀찮아서 구시렁대자 어린이집 숙제라고 했다.

"요즘도 그런 숙제를 내줘? 한 부모 가정이 얼마나 많은데…… 정신 나간 선생이네."

"무슨 말을 그렇게 해. 지아가 듣고 있는데……."

아내는 아이 귀를 막으며 눈을 흘겼다.

"사진은 여기서 찍어. 꼭 갯벌이어야 할 필요는 없잖아."

"같이 체험을 하고 싶은 거지. 사진이 문제가 아니라……."

아이 손을 잡고 몇 발자국 떼던 아내가 뒤돌아보며 정말 안 갈 거냐고 물었다.

"뻘에 발 담그기 싫어."

봄부터 지금까지 이곳에만 세 번을 왔다. 8월에는 이틀을 머물렀다. 아내가 장화를 주면서 신으라고 했지만, 나는 슬리퍼를 고집했다. 그걸 끌고 들어갔다가 맛조개보다는 뻘에 빠진 슬리퍼를 꺼내느라 에너지를 더 소진했다. 거치적거리는 슬리퍼를 벗었다가 조개껍데기에 발이 찔린 좋지 않은 경험도 있었다. 그날 아내는 꽃삽으로 생선회를 뜨듯 진흙을 가볍게 옆으로 미는 시범을 보여주었다. 그러자 타원형의 작은 구멍이 보였다.

"여기다 소금을 부으면 맛조개가 올라와."

그녀는 유튜브에서 보았다고 했다. 잠시 후 구멍에 흰 거품이 보글보글 생기더니 뾰족하고 긴 맛조개가 쏙 올라왔다. 옆에 쪼그리고 앉았던 아이가 성급하게 손을 내밀었다. 그러자 조개는 다시 구멍 아래로 모습을 감추었다.

"다음엔 완전히 나왔을 때 잡아."

아내가 말했다. 그녀 말을 들으며 어설픈 추측으로 성급히 다

그치려던 자신을 반성했다. 그래, 뻘 밖으로 나올 때를 기다리는 거야.

　그녀는 오늘도 맛소금을 준비해 왔다. 두 사람이 가고 난 뒤 의자에 몸을 기댔다. 아이는 사랑스럽지만 귀찮은 존재이기도 했다. 아내는 내가 아빠라는 걸 계속 강조했다. 부모가 되면 하기 싫어도 해야 할 일들이 있다며, 내가 그 역할을 잘해 낼 수 있기를 바랐다. 책을 읽어줘라, 블록을 함께 쌓아라. 놀이터에 가서 놀아주어라. 주문은 끝도 없었다. 그러거나 말거나 내킬 때만 아이를 위해서 뭔가를 해주었다. 영아 때는 먹이고 재워주기만 하면 되더니 말을 하기 시작하자 자기주장을 펴기 시작했다. '아니야.' '이렇게 하는 거야.' 블록을 쌓거나 인형놀이를 할 때 되려 나를 가르치려 들었다. 먹이고 씻기고 재워주기만 하던 때와 달리 '내가'와 '싫어'라는 말을 가장 많이 하는 인간이 되어 가고 있었다.
　북쪽 끝 어딘가에서 소나무 숲길을 따라 바람이 불어왔다. 바람이 불 때마다 그늘의 위치가 바뀌었다. 꽃삽과 양동이를 든 아내와 아이의 뒷모습이 보였다. 나는 두 사람이 잘 보이는 곳으로 의자의 위치를 옮겨 앉았다. 모녀의 모습이 무리에 섞였다.
　서쪽 하늘이 점차 밝은 주황빛으로 물들었다. 토끼 모자와 핑크색 커플룩도 역광을 받아 실루엣만 짐작할 수 있었다. 방파제로 갈매기가 끼룩대며 날아올랐다. 나는 속으로 조지훈을 떠올렸다. 둘은 어떤 사일까? 내 앞에서만 루틴대로 생활하는 척하고 내가 출근하고 나면 외출을 할지 모른다. 머리카락으로 얼굴의 반을 가린 스타일에서 그녀의 이중성을 보는 듯했다.

"답답하지도 않아? 머리 좀 걷어 올려."

그러면 아내는 그건 강요라며 부부 사이에도 개성은 존중해 줘야 한다고 맞섰다.

한 시간만 놀면 지쳐서 돌아올 줄 알았는데 두 시간이 지나도 감감무소식이었다. 배가 고팠다. 아침 겸 점심을 먹은 게 다였다. 아이스박스에서 커피를 꺼냈다. 오다가 베이커리 가게에 들러 산 샌드위치를 먹으며 휴대전화로 근처 맛집을 검색했다. 간장게장을 잘하는 집이 가까운 거리에 있었다. 벌써 4시. 집으로 돌아갈 일이 걱정이었다. 5시가 지나면 정체가 시작될 테고 그러면 도로에서 보내는 시간이 길어질 것이다.

짐만 부려놓고 어디론가 떠났던 남자 셋이 돌아왔다. 그들은 각자의 의자에 앉아 커피를 마셨다. 일어서서 갯벌 쪽을 바라보았다. 토끼 모자와 핑크 커플룩은 아직도 갯벌 한가운데 있었다. 전화를 걸었다.

"얼른 와. 배도 고프고 늦어지면 도로가 막힐 거야."

사내들이 가까이에 있어서 말을 부드럽게 했다.

"자상하네요. 나는 말투가 투박해서 우리 와이프는 나더러 화가 많다고. 화가 안 났는데 화난 사람 같다고 해서 딱 미치겠습니다."

근육질 남자가 묻지도 않은 말을 하며 웃었다. 낚시 이야기를 하면서도 내 쪽에 신경을 쓰고 있었던 모양이었다. 어깨는 넓고 반팔 셔츠 아래로 드러난 팔뚝은 탄탄했다. 남자에 비하면 내 몸은 보잘 게 없었다. 조지훈도 저런 모습일지 모른다는 생각을 하자 질투의 감정이 일었다.

"깍. 저 남자들 근육 좀 봐! 대단해."

언젠가 텔레비전을 보다가 아내가 감탄의 소릴 질렀다. 화면에 피지컬이 좋은 출연진들이 경쟁하듯 열 맞춰 서 있었다. '근력이 자산이다'란 예능프로가 인기를 끌 때였다. 아내는 예약을 걸어 놓고 보았다. 잠을 설쳐가며 본방을 사수하는가 하면 넷플릭스에서 다시 찾아보기까지 했다. 그걸 보면서 아내의 이상형이 내가 아니었을 거란 생각을 했다.

마흔에 나는 마른 비만 진단을 받았다. 인바디 검사를 하면 종합 점수가 65점이었다. 기초대사량은 낮고 골근량은 평균치에 겨우 미쳤다. 결혼 전에는 수영과 테니스를 꾸준히 했다. 기초대사량이 높아서 지방을 잘 태우는 체질이었는데 결혼하고 직장 생활을 하면서 시간이 맞지 않아 그만두었다. 핑계지만 쉬었다가 다시 시작하는 게 쉽지 않았다. 새벽에 수영 가는 게 귀찮았고 테니스는 주말에 가끔 쳤지만, 빠지는 날이 더 많았다. 아내는 아파트 내 헬스장에 등록을 권했지만 내키지 않았다. 미루는 사이에 근육은 더 빠지고 피하지방과 내장지방은 늘었다. 회사는 수출 감소로 인원 감축에 들어갔다. 승진에 누락 될 때마다 의기소침했다. 입사 동기 중에는 벌써 부장이 된 이도 있었다. 이번에도 미끄러지면 권고사직을 받을 처지였다.

"아빠, 이것 좀 봐."

아이가 노랑 양동이를 보여주었다. 조개껍데기와 예쁘게 생긴 돌맹이만 가득했다.

"뭐야, 지금껏 뭘 한 거야?"

"잡은 건 집에 보내주었어."

"집?"

"응. 가족이 기다릴 거라서 보내주자고 했어. 엄마가."

순간 픽 웃음이 났다. 어차피 세상은 먹고 먹히며 공존해 나간다. 잡은 걸 도로 놔주는 자비를 베풀면서 시중에서 산 문어나 바지락, 돔이나 광어는 토막 내서 국을 끓이고 살을 가르고 뼈를 발라내어 초장이나 고추냉이를 푼 간장에 찍어서 날것으로 먹지 않는가. 아내는 집에 갈 때 수산시장에 들러 생물 생선을 사자고 할 것이다. 아이 앞에서 방생의 자세를 보여 점수를 따자는 건가. 선한 척 착한 척하면서 몰래 딴짓을 하는 게 역겨웠다.

딸은 몸과 옷에 묻은 진흙을 씻지도 않고 돗자리에 앉으려고 했다.

"안 돼!"

내 목소리가 너무 단호했는지 아이가 멈칫하며 눈치를 살폈다. 사내들이 일제히 우리 쪽으로 시선을 돌렸다.

"애 놀라잖아."

아내가 말했고, 나는 무슨 말을 하려다가 사내들을 의식해서 말을 삼켰다. 아내는 물티슈를 뽑아서, 진흙이 말라서 석고 가루처럼 허옇게 떨어진 돗자리를 닦았다.

서둘러! 내 입에서 서둘러란 말이 계속 나왔다. 아내는 재촉 좀 하지 말라고 정색했다.

"아빠, 나 솔방울 주울래."

아이는 더 놀고 싶은 모양이었다. 넘치는 에너지가 부러우면서 한편으론 귀찮았다. 다음에 또 오자며 달랬지만 고집을 꺾지 않았다. 달래볼 생각에 발밑에 떨어진 솔방울 중 하나를 주워 아이에게 주었다.

"이거 아니야. 저기로 가자. 아빠."

아이는 솔방울을 내던지며 반대편 솔밭을 가리켰다.

"이건 어떠냐?"

옆에서 듣고 있던 근육질 남자가 반듯하게 생긴 솔방울 하나를 내밀며 자기 딸도 네 살이라고 했다.

"고맙습니다."

아이와 아내가 동시에 인사했다.

"엄마를 닮아 예쁘게 생겼구나."

남자의 말이 거슬렸다. 닮았다고. 아내를? 언제 봤다고.

"아빠."

아이가 종아리에 매달리며 응석을 부렸다. 좀 놀아 줘. 아내가 거들었다. 나는 근육질 남자를 의식해 다정한 척 아내 어깨에 팔을 둘렀다. 그러고는 나직하게 말했다.

"내가 지아랑 솔방울 주우러 갔으면 좋겠지?"

아내는 당연한 걸 왜 묻느냐는 눈으로 바라보았다.

"누구 좋으라고."

무슨 뜻이냐고 묻던 아내 얼굴이 일순간 일그러졌다. 남자들이 웃는 소리가 들렸다. 아내가 그쪽을 바라보았다.

"고개 돌려!"

손으로 아내 뒤통수를 잡아당겼다.

"아파."

그녀가 낮게 소릴 질렀다.

"솔방울 한두 개만 줍고 주차장으로 와. 하여간 틈만 나면······."

그녀 귀에다 대고 말했다.

"무슨 말이야?"

그녀도 목소리를 낮춰 물었다.

"네가 더 잘 알잖아."

물이 많이 들어왔네. 사내 중 한 사람이 말했다.

슬슬 준비할까? 그중 나이가 많은 남자의 말에 다른 두 명이 일어서 접이식 의자를 정리했다. 사내들이 낚시도구를 챙겨 떠나며 우리더러 좋은 시간 보내라고 했다.

사내들이 멀어지자 대놓고 아내를 재촉했다.

"집에 가는 게 그렇게 급해?"

"그럼 뭐가 급한데?"

아내는 손바닥으로 가슴을 누르며 아이와 10분만 놀아주라고 했다.

"지금 가도 도로에 갇혀."

"뻘에도 안 들어가고, 솔방울도 같이 안 줍고…… 왜 항상 한 발 떨어져 있지? 당신은 가족이지, 관찰자는 아니잖아."

"만족할 만큼 놀아준 적이 없다고. 내가?"

"그래. 항상 충족시켜 주지 않았어."

제기랄. 나는 쓰고 있던 모자를 벗어 돗자리 위로 던졌다. 헬스장으로 나를 보내려던 이유가 이제야 명확해졌다.

아내는 아이를 불러 옷에 묻은 흙을 대충 털고는 솔밭으로 걸어갔다. 몇 발자국 걸어가더니 갑자기 뒤돌아섰다. 그리곤 비닐

가방에 아이와 자신의 소지품을 챙겼다.

"집에는 당신 혼자 가."

표정이 차갑게 변해있었다.

"무슨 말이야?"

"난 지아와 좀 더 있다 가려고. 늦어지면 근처 언니 집에서 며칠 지낼게."

"처형한텐 갑자기 왜? 잔말 말고 오 분 안에 와."

모녀가 솔밭으로 걸어가는 걸 보면서 의자를 접었다. 화가 나면 가끔 저런 말을 했지만, 행동으로 옮긴 적은 없었다. 지금도 자신의 감정을 추스르지 못해 냉랭하게 굴지만, 곧 돌아올 게 뻔했다. 저 모양으로 처형을 찾아갈 리도 없을 터였다.

짐을 양어깨에 하나씩 매고는 주차장으로 걸어갔다. 자동차 안은 열기로 후텁지근했다. 에어컨을 켜 놓고 옷에 묻은 먼지를 털어냈다. 솔가지 너머로 보이는 서쪽 하늘이 붉게 물들었다. 화장실에 다녀왔다. 그때까지도 두 사람은 돌아오지 않았다. 전화를 걸었지만 받지 않았다.

솔밭으로 다시 왔다. 물이 들어오는 속도는 빨랐다. 6시를 넘자 햇살은 한층 순해졌다. 여름날 미친개처럼 피부를 물어뜯던 땡볕이 새삼 떠올려졌다. 그때도 아내와 아이는 갯벌에 나가 있었다. 햇빛은 구름을 투과해 빗살 무늬를 만들어냈다. 배는 고프다가 아프다가 이젠 감각이 없어졌다. 분노 게이지가 정점에 달했다. 나타나기만 해봐라. 잔뜩 벼르며 의자를 놓았던 자리에 섰다. 바다는 미끄덩거리는 점액질 같았다. 모녀가 놀던 갯벌이 존재하였는지조차 알 수 없게 되었다. 방파제 끝에서 사내들이 낚시준비를 하고 있었다. 그들에게 아내와 아이를 보았느냐고 물었다. 근육질 남자가 의아한 눈으로 쳐다보았고 다른 두 명은 낚싯대 손질에 여념이 없었다. 그들 가까이에 있던 누구도 두 사람을 보지 못했다고 했다. 모두 짜고 나를 속이는 것 같았다.

"지아야!"

걸어가며 아이 이름을 불렀다. 대체 어디까지 간 거지? 솔방울이 다 그렇고 그렇지, 아이는 그렇다 쳐도 어른인 아내가 더 문제였다. 해가 떨어지자 하늘과 바다의 경계처럼 빛과 그늘의 경계가 모호했다. 빛이 사라지는 건 순식간일 터였다. 주변 상가와 음식점 숙박 시설까지 뒤졌지만 두 사람을 찾을 수 없었다.

어두워지고 나서야 실종 신고를 했다.

"그러니까 솔방울을 줍겠다고 갔는데 사라졌단 말입니까?"

"그렇습니다."

"두 분 사이에 다른 문제는 없었고요?"

"없었습니다."

수색은 늦은 밤까지 이어졌다. 머물던 곳에서 차츰 범위를 확대해 나갔지만, 종적이 묘연했다. 사내들은 여전히 방파제 위에 있었다. 경찰은 자발적 가출 가능성에 무게를 두지 않으면서도 이런저런 질문을 했다. 객관적으로 유추해도 기억의 낚싯바늘에 걸려 온 건 고기라고도 할 수 없는 피라미 정도 크기의 소소한 언쟁뿐이었다. 아내는 의심의 눈을 거두고 자신을 봐달라고 했다. 상상은 결국 그 자신을 파멸시킨다는 말도 했다. 있는 그대로 봐주지 않는다고? 그건 아내의 자격지심이 만들어 낸 피해의식이었다.

자정이 지나서야 집으로 돌아왔다. 휑한 거실 벽에 아이가 돌 때 찍은 가족사진이 걸려 있었다. 다음 날도 그다음 날도 두 사람을 찾았다는 소식은 없었다. 팀장은 전자기기 수출 감소로 경영이 어려워 불가피하게 명예퇴직 희망자를 연말에 받을 거라고 했다.

실종 3일째, 전단지를 만들기 위해 두 사람 사진도 찾아 두었다. 경찰은 공개수사 쪽으로 방향을 잡을 모양이었다. CCTV에 마지막으로 찍힌 건 솔밭이 끝나는 지점에 있는 편의점 앞이었다. 이후 두 사람 행방은 묘연했다. 처형은 아내와 지아에 대해 명확하게 말해주지 않았다. 왔었다. 여기는 없다, 라는 모호한 말로 사람 마음을 어지럽혔다.

얽힌 회로 같은 머릿속을 정리하며 터덜터덜 걷는데 젊은 커플이 서로의 어깨를 치며 큰소리로 웃고 있었다. 순간 알 수 없는 적개심이 일었다. 길거리에서 불특정 다수를 향해 칼을 휘두른 범죄자의 말이 생각났다. 나는 힘든데, 죽음을 생각하고 있는데 그들이 웃잖아요. 그래서 그랬어요. 공감할 수 없었는데, 추호도 두둔하고 싶지 않았었는데 지금 심정으로는 이해할 수도 있을 것 같다는 생각이 들었다. 이런 자신이 무섭고 섬뜩했다.

도어록을 눌렀다. 센스 등이 켜졌다, 아침에 나갈 때와 뭔가 다른 느낌이었다. 그게 뭔지를 생각할 새도 없이 신발이 눈에 들어왔다.

"아빠."

아이가 달려와 다리에 매달렸다.

"왔어?"

주방에서 설거지를 하던 아내도 나와서 맞아주었다. 지난 3일이 애초부터 없었던 것 같은 분위기였다.

"얼른 씻고 와. 밥 먹자."

그녀는 사라지기 전의 시간으로 돌아가 있었다. 그들이 아니라 내가 이 공간에서 증발했다가 나타난 기분이었다. 아이는 내 다리에서 떨어져 소파로 돌아가 토끼에게 헝겊으로 만든 당근을 먹이고 있었다. 밥솥이 소릴 내며 돌아가고 있었고 해물탕 냄새가 났다.

"뭐야?"

겨우 그 한마디만 했다.

"뭐라니? 밥 차리잖아."

그녀는 수저를 식탁에 놓으며 말했다.

"대체 뭐냐고?"

낮게 소릴 질렀다. 아이가 고개를 잠깐 들었다가 다시 플라스틱 미니 칼로 장난감 사과를 썰었다. 토끼 인형은 아이 무릎 위에 얌전히 누워있었다.

"무슨 문제라도 있어?"

그 질문은 내가 하고 싶었다. 아내는 종지에 나박김치를 담았다. 멸치와 장조림도 식탁에 올렸다. 오랜만에 맡아보는 밥 냄새였지만 식욕이 돌지 않았다. 어디서 누구와 어떤 시간을 보냈는지, 그걸 말해야 할 아내는 그 시간이 없었던 것처럼 행동했다.

"두 사람 때문에 비상이었던 거 몰라?"

"우리가 왜?"

"대체 어딜 갔다 온 거야. 3일 동안 어디 있었느냐고?"

"언니한테 갔었어."

하, 나는 힘주어 주먹을 쥐었다.

가뜩이나 회사 일로 머리가 터질듯한데 아내는 가볍게 코까지 골았다. 한밤중에 잠이 깨어 고른 숨을 내쉬는 그녀를 내려다보고 있으면 목을 조르고 싶은 충동에 사로잡혔다.

"말해 봐. 무슨 일이 있었던 거야?"

"잠 좀 자자. 대체 왜 이러는데?"

"그러니까 있었던 일을 말하면 되잖아."

"말했잖아. 그냥 잠깐 시간이 필요했어. 당신이 싫지만 돌아왔잖아. 밀물처럼."

뻔뻔하긴. 그녀 말은 나를 위해 이 자리를 지키기 위해 시간이 필요했다는 말로 들렸다. 어이가 없어진 나는 진실을 말하라며 그녀 팔목을 우악스럽게 비틀었다. 아내가 비명을 질렀다.

"언니한테 갔다고 몇 번을 말했어?"

"갔는데 없었어."

"아무한테도 말하지 말라고 부탁했어. 생각할 시간이 필요했거든."

그녀는 지친다며 한숨을 쉬었다.

"빌어먹을."

욕설을 내뱉고 거실로 나왔다.

밥 냄새를 맡으며 눈을 뜬 아침이 행복했다가 혐오로 바뀌기를 반복했다. 나는 아내와 아이를 끊임없이 관찰했다. 밥상에 앉아서도 신문을 읽으면서도 내 의식은 거기에 가 있었다. 아내는 오전 9시면 아이를 어린이집에 데려다주러 나갔다. 오는 길에 빵집에 들러 수제 마늘빵과 플레인 바게트를 사고 마트에서 식료품이나 생필품을 사 오기도 했다. 집에 도착하면 커피를 내려 빵과 함께 내 방에 가져다주었다. 그런 다음 달그락대며 설거지를 했다. 그동안 나는 화상회의를 하거나 이메일로 받은 자료를 검토했다. 일을 하는 중에도 틈틈이 그녀를 살폈다. 통화 내용에 귀를 기울였고 없던 버릇이나 옷차림에 관심을 두었다. 원래도 화장실에 갈 때 스마트폰을 들고 들어갔었는지, 충전을 굳이 침실에서 하는 이유도 알아내야 할 숙제였다.

오후가 되자 아내는 아이 하원 전에 산책할 건데 같이 가겠느냐고 물었다. 함께 하고 싶지 않았다. 그녀가 나간 뒤 안방 붙박이장과 드레스룸을 살폈다. 못 보던 원피스와 트렌치코트가 보였다. 서랍장에도 속옷이 가득했다. 색이 화려하고 무늬가 요란했다. 가정주부가 이런 게 왜 필요한지, 누구 앞에서 입으려고 산 것일까. 내가 본 아내 속옷은 전부 피부색에 가까운 것이었다. 손바닥만 한 속옷을 입고 다른 남자를 만난다는 생각을 하자 질투의 감정을 참기 힘들었다.

"뭐 해?"

언제 돌아왔는지 아내가 등 뒤에 서 있었다.

"아, 뭐…… 뭘 좀 찾느라……."

얼버무리며 서랍을 닫고 일어섰다.

"여긴 내 물건들만 있어. 구분한 거 당신도 알잖아."

"찾는 게 안 보여서……."

"뭘 찾는데?"

"어, 넥타이. 내일 오프라인 출근인데 오랜만에 필요할 것 같아서…… 감청색이었지 아마……."

뒤통수를 긁적이며 드레스룸을 빠져나왔다.

불면의 밤이 이어졌다. 늦은 시간까지 소파에서 영화를 보았다. 느닷없이 솔밭에서 보았던 근육질 남자의 갈색 피부가 떠올랐고 얼굴을 본 적 없는 조지훈이 겹쳐졌다. 아이를 재운 아내가 옆에 와 앉았다. 핑크빛 실크 잠옷 차림이었다. 앞가슴이 훤히 보였다.

"와인 한 잔 어때?"

그녀가 부드럽게 속삭였다.

"마시고 싶지 않아."

그러자 아내는 내 어깨에 머리를 기댔다. 향수 냄새가 났다. 맡아본 적이 없는 향이었다.

"처음 맡는 향이네."

코를 벌름거리며 말했다.

"샤넬 향수는 내가 결혼 전부터 사용하던 거잖아."

조명등에 드러난 아내의 몸은 아름다웠다. 그녀가 내 허벅지 위에 손을 올렸다.

"왜 이래?"

몸을 빼며 물러나 앉았다.

"왜 그러는데?"

그녀가 대답을 재촉하듯 내 얼굴에서 시선을 떼지 않았다.

"대체 왜 그러느냐고? 얼굴도 안 쳐다보고…… 잠잘 땐 벽만 보고, 손대면 밀어내고…… 늦은 밤까지 혼자 영화 보고 술 마시고……."

대답을 기다리던 아내는 침실로 들어가 버렸다.

아침이면 어김없이 아랫도리가 부풀어 올랐다. 여러 복잡한 생각들을 떠올리며 그것이 원래의 크기로 돌아가길 기다렸지만, 내 몸의 일부가 아닌 듯 기고만장했다. 그렇다고 곁에 있는 아내를 안고 싶은 마음은 없었다. 시도를 하면 화해의 의미로 받아들일 게 뻔했다. 끙끙대다가 벽 쪽으로 돌아누웠다. 어떻게 해도 소용이 없어지자 조용히 거실로 나왔다. 물을 마시고 기지개를 켜고 신문을 읽어도 수그러들 기세를 보이지 않아 결국 욕실로 들어갔다. 샤워기 아래에 섰다. 물줄기가 정수리로 쏟아졌다. 타인의 손을 빌리지 않고도 스스로 위로할 방법이 있어 다행이었다.

며칠 뒤 아내는 모임이 있다며 아이를 어린이집에서 데려와 달라고 부탁했다. 재택근무 때면 가끔 있는 일이었다. 지나는 길에 봐둔 상담소에 전화했다. 당일 상담은 어려운데 마침 약속을 미룬 내담자가 있어 가능하다고 했다. 어린이집에서 아이를 찾아

나왔지만, 상담까지 30분이 남아서 근처 아이스크림 가게로 들어갔다. 아이는 생딸기 아이스크림을 혀로 할짝대며 의자 아래로 다리를 달랑거렸다.

"지아야. 엄마랑 솔밭에서 길 잃어버렸을 때 누구 만났어?"

"몰라."

아이는 1초의 망설임도 없이 입술을 혀로 핥으며 천진하게 말했다.

"잘 생각해 봐. 어디서 잤어?"

"기억이 안 나. 아빠 저것 좀 봐!"

아이가 창밖을 가리켰다. 길 건너 주유소 앞에 손가락 모양을 한 풍선이 바람에 이리저리 흔들리고 있는 게 보였다.

아동심리 센터는 아이스크림 건물 3층에 있었다. 몸집이 큰 여성이 맞아주었다. 아이는 조금 서먹한 듯 굴었지만 이내 놀이방에 있는 인형과 장난감에 마음을 빼앗긴 듯 집중했다. 문틈으로 아이를 살피던 상담사는 미소를 지으며 대기실 소파에 앉은 내게 어떤 문제로 왔느냐고 물었다. 선뜻 입이 떨어지지 않았다. 아이와 아이 엄마가 며칠 사라졌다는걸, 처형한테 갔다는 데 그건 아닌 것 같고, 아무래도 다른 사람을 만났을 것 같다는 말을 꺼내는 게 망설여졌다.

"자다가…… 자주 깨요. 소릴 지르고…… 그러다 한없이 울죠."

사실 아이는 잘 놀고 잘 먹고 푹 잤다.

"언제부터죠?"

"그 일이 있기 전까지요."

그날을 털어놓았다. 상담사는 두 눈을 깜박이며 진지하게 들었다. 잠시 뒤 상담사는 아이를 데리고 놀이방 옆 상담실 2라고 적힌 방으로 들어갔다. 함께 들어가려고 했더니 아버님은 여기서 기다리세요, 라고 했다. 나는 닫힌 문 앞에서 서성거렸다. 그들이 나눌 대화 내용이 궁금했지만 그녀가 어떤 소득을 가져다주길 바라며 참고 기다렸다. 창밖으로 보이는 은행잎이 노랬다. 물이 빠진 갯벌처럼 마음이 찐득거렸다. 잠시 후 상담실 문이 열리면서 두 사람이 나왔다.

"지아는 아무 문제가 없어요. 발달과정도 정상이고 성격도 밝고 쾌활해요."

"그럴 리가요. 자주 깨고 울고…… 멍하게 앉아 있질 않나……."

그러자 상담사는 딸은 신경이 예민한 아이가 아니라고, 트라우마 같은 것도 없으니 안심하라고 했다.

"예전에는 이러지 않았다니까요."

그녀를 신뢰하기 힘들었다.

"낮에 너무 재미나게 놀았거나 야외 활동을 평상시보다 더 열심히 했을 때는 일시적으로 그럴 수 있어요. 잘 성장하고 있다는 증거입니다."

그녀는 문제 있게 생각하면 없는 일도 문제가 될 수 있다는 말을 덧붙이며 오히려 나를 걱정스러운 눈빛으로 바라보았다. 여자들은 모두 한통속인 것 같았다. 상담사가 남자였다면 내가 원하는 답을 얻어냈을 것이다.

모녀가 돌아온 지 열흘째 되던 날, 오후 아내는 미용실에 다녀오겠다고 했다. 머리를 하러 가는데 화장에 정성을 들이고 꾸미는 시간이 길었다. 그녀가 나가자 나도 곧 뒤따라나갔다. 후드 사파리를 걸치고 야구모자를 썼다. 아파트 공동현관을 나서니 3단지 앞으로 걸어가는 아내의 뒷모습이 보였다. 그녀는 4동과 5동을 가로질러서 큰 대로변으로 나갔다. 그녀가 다니는 미용실은 아파트 상가에 있었는데 그곳도 지나쳤다. 이면 도로를 하나 더 건너 아이와 다녀왔던 상담소가 있는 건물 뒤편 새로 입점한 잡화점으로 들어가는 게 보였다. 입구에서 기다릴까 하다가 따라 들어갔다. 옷깃을 올려 얼굴을 가렸다. 주방용품이 진열된 코너를 지나 잡화코너를 돌았다. 몸을 진열대 뒤로 숨긴 채 통로를 살폈다. 벌써 빠져나갔나 싶어 조바심을 낼 즈음 생필품 코너에서 정면으로 마주쳤다.

"뭐야?"

아내는 내 몰골을 살피며 놀라워했다.

근처 공원 벤치에 앉았다.

"제발 이러지 마."

아내는 슬픔이 고인 얼굴로 말했다.

"그러니까 무슨 일이 있었는지 말해 줘."

아내는 체념한 듯 솔방울을 주우러 갈 땐 화가 났다고 말했다.

"그래서?"

"걷다 보니까 버섯이 있었어. 내가 좋아하는 붉은 사슴뿔버섯이었어, 지아도 신기해했어. 그곳엔 버섯이 많았어. 그걸 보러 자꾸 걸었던 것 같아. 그러다가 길을 잃었어. 주차장으로 가려는데 방향을 알 수 없었어."

그녀는 담담하게 말을 이어갔다.

"캄캄해지니까 무서웠어, 지아는 울고…… 어딘지도 모른 채 앞으로만 계속 걷다가 결국 언니한테 도움을 청했어."

아내는 그때까지 서운한 감정이 남아 있었다고 했다.

"그걸 믿으라고?"

"사실이야."

"두 사람을 찾느라 드론도 띄웠어, 동원된 인원만도 어마어마해. 처형 집도 갔었다고!"

"하…… 도대체 몇 번을…… 생각할 시간이 필요해서 언니만 아는 장소에……."

아내는 나를 조롱하고 있었다.

"돌아왔잖아. 당신을 죽은 뻘로 만들고 싶지 않아서…… 지아 아빠라서……."

"빌어먹을, 왜 진실을 감추는데?"

속이 끓어올랐다. 조지훈을 만났어? 기어코 그 이름이 튀어나왔다.

"그게 누군데?"

그녀는 눈을 동그랗게 떴다. 뻔뻔한 건 알았지만 저 정도일 줄은 몰랐다.

"내 폰을 본 거야?"

아내가 실망스럽다는 듯이 쳐다보았다.

"그게 문제가 아니잖아. 그 남자가 누구냐고?"

"남자 아니고 여자야. 건강검진을 했는데 가슴에 혹이 있다고 했어. 알고 보니 대학 후배더라고. 잔뜩 겁을 먹었더니 문자를 준 거야."

"나한테는 말하지 않았잖아."

"기억에 없는 건 아니고?"

아내는 그만큼 자신과 아이한테 관심이 없는 거라며 오히려 덤터기를 씌웠다. 그러면서 의심나는 게 있으면 혼자 상상하지 말고 그때그때 물어보라고 했다.

담배를 입에 물었다. 곱게 물든 나뭇잎이 팔랑대며 천천히, 마치 춤을 추듯이 바닥으로 내려앉았다.

집으로 돌아온 아내는 안방으로 들어갔다. 잠시 뒤 다시 거실로 나왔고 주방을 가로질렀다. 골똘한 생각에 빠진 것도 같고 화를 억누르는 것도 같았다.

"말해 봐. 조지훈이 정말 여자 후배야? 어느 병원인데?"

야구 모자를 벗어 소파에 던지며 그녀를 놓치지 않겠다는 듯 집요하게 대답을 강요했다.

"가슴의 혹은 궁금하지도 않아? 당신은 대체 뭐가 중요한 사람이야?"

아내는 무슨 생각에선지 싱크대 앞으로 가더니 세제를 풀어 거칠게 유리잔을 닦기 시작했다 거품이 부풀어 올라 아내 손이 보이지 않았다.

"그럼 3일 동안은 어디에 있었던 거야?"

나는 팔짱을 끼고 서서 그녀의 입이 열리길 기다렸다. 유리잔끼리 부딪치는 소리가 났다. 아내 손에서 피가 흘렀다, 그녀가 갑자기 뒤돌아섰다. 손에서 붉은 세제 거품이 떨어졌다. 그녀는 손을 닦을 생각도 않고 내 눈을 응시하며 말했다.

"맞아. 언니 집에 가려고 큰 도로로 나왔는데 지갑이 없었어. 캄캄한 길을 하염없이 걷고 있는데 지나가던 차가 멈추더니 목적지를 물었어. 지아도 다리 아프다고 칭얼대고 나도 지쳐 있던 터라 태워주겠다기에 거절하지 않았어. 차 안엔 건장한 남자 셋이

타고 있었어. 그들이 우릴 납치했어. 난 3일 동안 세 남자를 상대
했어. 내가 고분고분하자 애는 잘 보살펴주었어. 먹을 것도 주고
잠도 재웠어."

아내는 이제 됐느냐는 눈으로, 그게 듣고 싶었던 말이냐는 표
정으로 나를 쳐다보았다. 목덜미가 굳어왔고 안구가 튀어나올 듯
아팠다. 그녀가 경멸하듯 미소 지었다.

내 속의 타인

초판 1쇄 인쇄일 • 2025년 9월 10일
초판 1쇄 발행일 • 2025년 9월 15일

지은이 • 임수진
펴낸이 • 임성규
펴낸곳 • 문이당

등록 • 1988. 11. 5. 제 1-832호
주소 • 서울특별시 강북구 미아동 126-1
전화 • 928-8741~3(영) 927-4990~2(편)
팩스 • 925-5406

전자우편 munidang88@naver.com

ISBN 978-89-7456-596-1 03810

본 출판물은 화성특례시, 화성시문화관광재단의
〈2025 화성예술지원〉사업 지원을 통해 제작되었습니다.